Le bon
Léviathan

DU MEME AUTEUR

Pierre Boulle

Le bon Léviathan

roman

JULLIARD
8, rue Garancière
PARIS

IL A ÉTÉ TIRÉ DE CET OUVRAGE VINGT-CINQ
EXEMPLAIRES SUR VÉLIN PUR FIL DES
PAPETERIES VAN GELDER DONT VINGT EXEM-
PLAIRES NUMÉROTÉS DE 1 A 20 ET CINQ
EXEMPLAIRES HORS COMMERCE NUMÉROTÉS
DE HC 1 A HC 5, LE TOUT CONSTITUANT
L'ÉDITION ORIGINALE

© Julliard, 1978.

ISBN 2-260-00097-5

PREMIÈRE PARTIE

I

On l'avait baptisé *le Gargantua* (baptisé sans la moindre cérémonie : pas un prêtre n'eût risqué de se compromettre en l'aspergeant d'eau bénite), mais les sobriquets dont il fut affligé bien avant sa naissance désignaient tous des créatures répugnantes. Il était : le maudit ou le monstre pour les pêcheurs de la côte atlantique; Moby Dick, pour les lettrés; le dragon pestilentiel, pour les romantiques et *le Léviathan* pour certains. Ce fut ce dernier surnom, celui d'une créature vomie par l'enfer, qui lui resta. Il lui avait été décerné par ses ennemis les plus acharnés, alors qu'il n'était encore qu'un fantôme, une image confuse apparue une nuit d'insomnie dans le cerveau fécond de Mme Bach, image qui se précisa bientôt en croquis, en plans, puis en maquettes, enrichie par la nuée de considérations techniques et financières qui accompagnent la gestation d'un projet industriel audacieux, et saluée par les protestations furieuses qui accueillent toute innovation.

A sa naissance, c'est-à-dire lorsqu'il fut projeté hors

de la matrice de bois et de métal, où ses éléments disparates avaient été assemblés et harmonisés pendant des années pour composer peu à peu un organisme cohérent, lorsqu'il jaillit dans les flots, son environnement vital, il mesurait près de quatre cents mètres de long. Ses flancs pouvaient contenir six cent mille tonnes de pétrole. Ses citernes vides, *lège*, comme disent les marins, la passerelle, où régnait le capitaine Müller, dominait la mer d'une quarantaine de mètres. Mais ce qui le distinguait, outre ses dimensions, des autres pétroliers, c'était le réacteur nucléaire destiné à assurer sa propulsion, qui, un peu en arrière, atteignait avec sa tourelle protectrice une hauteur presque égale à celle du château. Son profil évoquait l'aileron inquiétant de quelque gigantesque monstre marin, ce qui aurait justifié le sobriquet de Moby Dick si la couleur grisâtre des tôles n'avait rendu impropre toute comparaison avec la baleine blanche. Vu de la passerelle, son avant se présentait comme une étendue immense, presque désertique, d'acier sans relief.

— Une drôle de carcasse, disait souvent le capitaine Müller, en venant observer la silhouette qui se précisait chaque jour dans un chantier de Saint-Nazaire, lequel avait dû être modifié pour donner lieu à un tel enfantement.

Mme Bach, la présidente de la compagnie, avait tenu à ce que le capitaine fût présent pendant une bonne partie de la construction du navire, ainsi que plusieurs officiers de pont et mécaniciens, pour se familiariser avec cette nouveauté. Quelques amis marins de Müller, invités par lui à visiter le chantier, faisaient écho à cette remarque, en hochant la tête d'un air critique et toujours avec une intonation péjorative. Les pétroliers géants, les *super tankers*, comme on les appelait parfois, n'avaient pas bonne réputation parmi les hommes de la mer. Ils leur reprochaient leur lourdeur de manœuvre et, surtout, le service exténuant que les armateurs exigeaient de la plupart de leurs équipages : une ronde de croisière sans relâche, le navire repartant pour une nouvelle traversée sitôt ses citernes remplies en Orient ou vidées en Occident, ces opérations s'effectuant généralement au large des côtes, à plusieurs miles en mer, à la bouche d'un oléoduc immergé.

Mais *le Gargantua-Léviathan* suscitait bien d'autres griefs parmi la population. Son lancement fut une nouvelle occasion pour elle de manifester sa haine et son mépris.

Les dernières entraves qui le retenaient enchaîné à la terre furent brisées. Avec un brusque tressaillement de tous ses organes, le monstre commença à glisser sur le chemin poisseux préparé pour lui. Quelques instants plus tard, il plongeait dans l'estuaire de la Loire, qui l'accueillit avec ses réactions habituelles : gerbes irisées, tourbillons et double vague allant submerger les berges. Mais ces réactions qui, pour le lancement des bâtiments ordinaires, s'harmonisaient avec l'enthousiasme d'une foule en liesse, apparaissaient aujourd'hui comme des réflexes de colère accordés à la fureur que *le Léviathan* suscitait dans les cœurs atlantiques et dans pas mal d'autres. Les quelques spectateurs qui assistaient à la cérémonie éprouvaient un malaise. La plupart étaient venus par obligation, en surmontant leur répugnance.

Une cérémonie ratée, depuis le début jusqu'à la fin. Tandis que le géant, son impulsion ralentie, allait être pris en charge par un remorqueur, qui devait l'amener au quai où devaient être exécutés encore les mille travaux lui permettant de voguer de ses propres ailes, le capitaine Müller, entouré de quelques officiers sur le pont principal, déplorait la mauvaise foi, la hargne des uns, la superstition maladive des autres, conjuguées en ce jour pour faire une pénible épreuve de ce baptême. En fait, il avait peine à retenir ses larmes. Il avait assisté au cours de sa carrière à de nombreux lancements de navires, il avait même participé à l'un d'eux alors qu'il prenait le commandement d'un nouveau cargo, mais jamais il ne lui avait été donné de contempler une manifestation aussi piteuse. Jamais il ne s'était senti à ce point humilié.

— Jamais, jamais, je n'aurais imaginé un affront pareil, dit-il à David, qui se tenait près de lui. Des mines consternées. Pas un applaudissement.

— Le climat changera, vous verrez, commandant, quand ils s'apercevront que *le Gargantua* n'est pas le monstre pernicieux qu'ils imaginent et qu'il ne leur veut au contraire que du bien.

David, physicien atomiste, passé de la recherche pure aux applications industrielles, de qui Mme Bach s'était assuré les services pour la mise au point du réacteur et faire l'éducation nucléaire des officiers mécaniciens, était d'un optimisme inextinguible, un optimisme qui s'élevait parfois à la hauteur d'une philosophie. Maurelle, le secrétaire de Mme la présidente, prétendait qu'il y avait en lui un mélange du Dr Pangloss, en moins farfelu et en beaucoup plus savant, et du père Teilhard de Chardin, avec la foi chrétienne en moins.

— Il y a des choses que vous ne pouvez ressentir, monsieur David, vous qui n'êtes pas marin de métier! rugit le capitaine. Ce mépris est une insulte à toute la marine marchande.

Restée sur le quai avec Maurelle, en compagnie de quelques rares officiels au regard inquiet, Mme Bach devait éprouver la même frustration, mais Mme Bach n'avait pas l'habitude d'extérioriser ses sentiments intimes, surtout quand il s'agissait de déception et d'humiliation, et conservait un front serein, malgré l'accueil glacial fait à une réalisation dont elle était l'initiatrice.

Veuve d'un armateur plusieurs fois milliardaire, elle avait hérité des nombreuses entreprises de son mari. Elle les gérait avec compétence et les faisait prospérer, mais en ajoutant au sens des affaires et de l'opportunité dont celui-ci avait fait preuve de son vivant une certaine touche d'originalité audacieuse, qu'il n'eût peut-être pas approuvée. Cela lui avait réussi jusqu'alors, malgré quelques revers la mettant temporairement en difficulté, sans jamais entamer ni sa maîtrise ni son inaltérable confiance en elle-même. Avec elle, les arias semblaient la plupart du temps se résorber en avantages et elle avait acquis à cause de cela une réputation exceptionnelle dans le monde de l'industrie et de la finance. Ceci explique que son projet de construire un pétrolier de six cent mille tonnes à propulsion nucléaire, jugé jusqu'alors peu raisonnable en France, avait attiré l'attention d'un groupe puissant, qui lui avait finalement fait confiance pour créer une compagnie dont elle était la présidente et dont le but immédiat était la construction et l'exploitation d'un tel navire. Mme Bach nourrissait bien d'autres projets, qui dépendaient de la réussite de celui-ci. Elle voyait dans *le Gargantua* un prototype, prévoyait la construction d'autres bâtiments du même style, encore plus grands peut-être, et, à plus long terme, la généralisation de la propulsion nucléaire à la marine marchande et aux paquebots. C'est une des raisons pour lesquelles elle avait engagé David, à qui l'énergie atomique tenait lieu de religion et qui rêvait à son extension dans tous les domaines.

— Nous n'avons pas l'air très malin avec cette triple rangée de gardes mobiles, mon petit Maurelle, dit-elle à voix basse à son secrétaire. Ils sont plus nombreux que le public. C'est vous qui avez prévu un tel service d'ordre?

Malgré le ton neutre, dénué d'acidité, le jeune homme sentit un reproche dans la voix de sa patronne. D'ailleurs, quand elle l'appelait « mon petit Maurelle », ce n'était sans doute pas une nuance d'affection, mais sa manière d'exprimer soit un compliment, soit de la réprobation. Ici, il ne pouvait se tromper et tenta de se disculper.

— J'avais plusieurs raisons de redouter une manifestation violente, comme il y en a eu autrefois contre les centrales.

Devant l'hostilité suscitée par la construction du navire, Mme Bach avait détaché Maurelle ces derniers mois à Saint-Nazaire, avec une mission de relations publiques, fonctions qu'il avait remplies autrefois avec succès dans d'autres domaines et pour lesquelles, estimait-elle, son caractère enjoué et ses façons bienveillantes le qualifiaient particulièrement. Mais ses efforts pour présenter la propulsion nucléaire comme un progrès avaient échoué et il était assez vexé de n'avoir pas réussi à détendre une atmosphère dont l'hostilité était soulignée aujourd'hui par la froideur de la cérémonie.

— La boiteuse est une diablesse avec laquelle il faut s'attendre à tout, ajouta-t-il. Elle et le professeur Havard sont plus virulents que jamais et ils peuvent lever des troupes assez nombreuses. J'ai cru bon de parer à toute éventualité en prévoyant un service d'ordre important.

— La boiteuse est une fine mouche, remarqua Mme Bach sur le même ton. Elle aura prévu votre prudence et a préféré nous attaquer aujourd'hui par le mépris et en nous ridiculisant.

La boiteuse et le professeur Havard étaient les ennemis les plus acharnés du pétrolier nucléaire. Elle résidait dans un village, à plus de deux cents kilomètres de là, près d'un port à l'embouchure de la Gironde, port qui devait être plus tard le terminal du *Gargantua,* mais son influence s'étendait sur toute la côte atlantique et même au-delà. Si les ouvriers travaillant au chantier depuis plusieurs années, eux qui accouraient d'ordinaire comme à une fête pour assister à une cérémonie glorifiant leur ouvrage, si même ceux-là s'étaient dérobés au dernier moment, c'était dû en grande partie, Maurelle le savait, à l'influence de la boiteuse.

Les badauds de la ville et des environs, toujours friands du spectacle constitué par un lancement de navire, s'étaient également abstenus de paraître. La moitié du personnel nécessaire avait fait aussi défection et l'opération avait bien failli devoir être différée. Elle n'avait pu prendre place qu'avec le renfort apporté par Guillaume, l'officier mécanicien en chef du *Gargantua,* qui avait décidé ses équipes travaillant déjà sur le navire à remplacer les ouvriers du chantier défaillants.

Pas un bateau ne s'était montré dans l'estuaire et sur la mer pour souhaiter la bienvenue au nouveau navire, que les marins et les pêcheurs considéraient comme un redoutable intrus. Il n'avait pas été possible de trouver un prêtre pour faire même une esquisse de bénédiction. L'évêque du diocèse, que Maurelle avait cherché à gagner à sa cause, avait répondu avec froideur qu'il n'était pas persuadé que ce monstrueux engin destiné à sillonner les mers fût une entreprise agréable à Dieu. Il ne se sentait pas le droit de faire preuve d'autorité pour vaincre les réticences de son clergé.

Le dernier coup bas porté aux organisateurs de la cérémonie était la défection des musiciens qui, sans préavis, s'étaient aussi abstenus de paraître. Le député qui avait accepté de présider la manifestation avait lu son discours dans une atmosphère funèbre, discours dont la péroraison fut à peine saluée par quelques timides applaudissements, parvenant difficilement à trouer le silence pesant sur le quai et sur les flots. La bouteille de champagne brisée, c'est furtivement, presque à la sauvette, que les techniciens s'étaient hâtés d'abattre les dernières cales et de précipiter *le Gargantua* dans son élément. L'entrée fracassante qu'il y avait faite, l'allure maussade qu'il affectait maintenant, dominant de la hauteur démesurée de sa passerelle le minuscule remorqueur qui le tenait en laisse, apparaissaient à David comme les réflexes de colère et de mépris d'une personnalité offusquée par le manque d'égards insultant dont elle était l'objet.

Le tumulte de sa plongée n'avait pas détendu l'atmosphère. Le député replia rageusement les feuillets de son discours et, après avoir serré en silence la main de Mme Bach, se dirigea à grandes enjambées vers sa voiture. Les autres officiels et quelques rares curieux se dispersaient avec la même célérité, comme s'ils avaient eu honte d'assister à une cérémonie impie. Les inutiles gardes mobiles regagnaient leurs camions d'un air résigné.

Sur le pont du navire, le capitaine Müller, qui avait jugé convenable de se mettre au garde-à-vous malgré l'absence de la *Marseillaise*, se détendit et ses officiers l'imitèrent. Chacun se rendit à son poste pour aider aux délicates manœuvres d'amarrage au quai. Mme Bach, qui devait repartir le soir même pour Paris, fit ses adieux à Maurelle et, opposant toujours un front sans nuages à la mauvaise fortune, l'assura qu'elle ne le tenait pas pour responsable de ces déboires.

— L'essentiel est que la construction soit menée à bonne fin. Il est là devant nous. Il flotte. Il n'attend plus que son équipement. L'estime viendra plus tard quand il aura fait ses preuves. Continuez votre action pour tenter de nous rendre moins impopulaires. Je reviendrai sans doute bientôt. En attendant, mon petit Maurelle, Dieu nous préserve des écologistes!

— Dieu nous préserve des écologistes! répéta le jeune homme avec rancune, après avoir aidé Mme la présidente à monter dans sa voiture.

II

« En ce temps-là, la nature était peuplée d'écologistes... », écrivit Maurelle.

Il était revenu sur le quai, observant de loin l'amarrage du *Gargantua*, puis il s'était dirigé vers le navire,
désireux d'échanger ses impressions avec son commandant et de s'excuser du peu d'éclat de la cérémonie. Il
arriva devant le pétrolier, qui surplombait le quai
comme une falaise, juste au moment où une échelle
provisoire permettant de monter à bord venait d'être
installée. Il se hissa sur le premier pont, puis sur les
ponts supérieurs. Tout l'équipage présent était occupé
aux manœuvres et il eut l'impression d'être un intrus.
Remettant à plus tard sa conversation avec Müller, il
s'installa dans un petit salon provisoirement aménagé
pour les officiers dont la présence à bord était nécessaire, sortit un carnet de sa serviette et prépara une
note destinée à la presse, relatant le lancement du
navire, sans signaler bien sûr l'aspect pitoyable de cet
événement. Il soupira en se relisant. Cette prose de
commande lui paraissait insipide. Le capitaine restant

toujours invisible, il décida de s'accorder la récréation par laquelle il avait l'habitude de chasser les nuages gris. Son visage s'éclaircit aussitôt. S'il n'était pas d'un naturel fondamentalement optimiste comme David, il s'efforçait toujours de repousser l'assaut des pensées moroses et y réussissait la plupart du temps, en exprimant par écrit ses sujets de contrariété; cela, pour sa satisfaction personnelle et avec une tendance à les tourner en dérision d'une manière assez sarcastique. Il rangea donc la note qui lui était imposée par ses fonctions, estimant n'avoir plus rien à ajouter sur ce sujet, se pencha de nouveau sur son carnet et écrivit :

« En ce temps-là, la nature était peuplée d'écologistes. Les écologistes proliféraient en ce dernier quart de siècle d'une manière aussi inquiétante que la population du globe, dont ils stigmatisaient chaque jour la croissance exponentielle et catastrophique, qualifiée par eux d'explosion démographique. Ils étaient répartis en clans innombrables, mais qui avaient tous une vision chagrine commune : celle de la Terre engagée à une vitesse accélérée sur la voie de la putréfaction, par suite de la folie des hommes. Ils se considéraient, eux, comme les derniers éléments sains et sages d'une humanité en proie à la dégénérescence, et aveugle de surcroît. Mais il existait parmi ces clans des modes d'expression divers.

« Certains, descendant en droite ligne des poètes alors disparus, se bornaient à frémir d'horreur devant les abominations géométriques d'un monde défiguré par la mécanique et empoisonné par la chimie. Ils souffraient sincèrement dans leur âme et dans leur chair en contemplant la fumée nauséabonde déversée dans les cieux par une usine, en découvrant les galets d'une plage souillés d'huile et de goudron, ou quand l'ablette qu'ils avaient admirée frétillante au bout de leur ligne se révélait immangeable, empuantie qu'elle était par le mazout. Ils souffraient avec modestie, le plus souvent en silence, et leurs gémissements occasionnels ne dépassaient guère le cercle de leurs intimes.

« Mais il existait une classe d'écologistes plus bruyants. Ceux-là brandissaient très haut leur bannière et soufflaient de toute la force de leurs poumons dans les trompettes annonciatrices du jugement dernier. Ceux-là, en toute occasion, s'élevaient avec fureur contre la moindre altération apportée à la nature et menaient grand tapage contre tout aménagement créé par la main de l'homme. C'est ainsi qu'ils poursuivaient de leur hargne, en accablant d'insultes leurs constructeurs et leurs utilisateurs, les véhicules automobiles, les chemins de fer, les bateaux autres que les voiliers, les avions bien sûr, les engrais, les pesticides, les grands ensembles de béton, en même temps d'ailleurs que les masures et les bidonvilles, les vaccins, les remèdes autres que les plantes et, d'une manière générale, tout ce qui peut rendre l'existence terrestre un peu moins terne, un peu moins monotone, un peu moins souffreteuse, un peu moins précaire. Dans la même optique, ils proclamaient très haut le droit à l'existence des moustiques, des rats, des loups, des chiens enragés et des champignons vénéneux, pour la simple raison que ceux-ci sont des éléments naturels de notre environnement.

« Considérant la civilisation présente comme un enfer, et tortionnaires sadiques autant que masochistes, ces écologistes en avivaient la morsure des flammes, autant pour leur satisfaction que pour ajouter à la terreur des âmes simples. C'est ainsi qu'ils calculaient chaque jour avec délices la quantité de poison distillée par tel ou tel ingrédient sur une petite surface, extrapolaient aussitôt à la surface terrestre et jubilaient en accablant l'humanité étonnée sous le poids de milliers et de milliers de tonnes de soufre, d'oxyde de carbone et autres agents pernicieux. Ensuite, pour mieux persuader cette humanité qu'elle n'avait pas la moindre chance de s'en sortir, ils évaluaient la quantité d'oxygène brûlée chaque heure par un avion à réaction, multipliaient par un facteur hérissé d'une longue suite de zéros et concluaient triomphalement que, avant sans doute d'être empoisonnés, avant même d'être décimés par la famine inévitable qu'ils prédisaient aussi, tous les êtres périraient par asphyxie, l'atmosphère devant être entièrement consumée d'ici quelques années. »

Maurelle interrompit un moment cette composition qui servait d'exutoire à sa bile, réfléchit pendant plusieurs minutes en écoutant les bruits divers qui lui parvenaient des entrailles du *Gargantua*, puis, étant d'un naturel objectif et teinté de scepticisme, se prépara à continuer ainsi :

« Bien entendu, les écologistes avaient suscité l'apparition des anti-écologistes, suivant en cela la loi universelle, la loi des lois, celle de l'action et de la réaction... »

Il fut interrompu par l'arrivée de David. Le physicien s'était intéressé en curieux aux manœuvres d'amarrage, puis, désœuvré comme Maurelle (le réacteur ne serait pas prêt pour sa mise en charge avant plusieurs mois), il s'était dirigé vers le salon, la seule pièce à peu près habitable avec l'appartement du capitaine Müller, qui avait décidé de vivre dorénavant sur le navire. Maurelle l'accueillit avec un sourire. Les deux hommes sympathisaient, quoiqu'ils fussent aux antipodes l'un de l'autre, à la fois par le caractère et par leur formation.

— Triste journée, dit Maurelle.

— Triste ? Je n'ai rien remarqué de tel. Tout s'est bien passé, m'a-t-il semblé.

— Vous n'avez pas senti l'hostilité de cette ambiance?

David fit un geste insouciant, comme si ces questions n'offraient guère d'intérêt pour lui.

— Peut-être, en effet, maintenant que vous me le signalez, cela manquait sans doute un peu d'entrain.

— Et je crains bien que cette atmosphère ne soit pas près de se dissiper. J'espère qu'elle ne vous fera pas trop regretter vos anciennes recherches. Cela devait être agréable de travailler au sein d'une équipe enthousiaste, animée par la passion de la découverte.

— Mais j'ai l'impression de travailler ici dans une équipe d'amis enthousiastes! s'écria David. Le capitaine Müller, Mme Bach, à sa façon j'en suis sûr, Guillaume, que j'initie à la physique atomique et qui commence à très bien y mordre; et même vous...

Maurelle se mit à rire et ne releva pas le « et même ».

— Je ne pensais pas à nous, murmura-t-il. Il est vrai que nous formons une petite équipe, mais justement une équipe entourée de murs épais. Je pensais aux autres.

— Les autres ne comptent pas pour moi. J'ai toujours réussi à faire abstraction de l'environnement. Ici, aussi bien qu'ailleurs.

Maurelle le regarda comme une bête curieuse. Qu'on puisse travailler avec un tel enthousiasme avec un environnement aussi hargneux était pour lui un sujet d'étonnement et d'admiration. Il se contentait, lui, de faire son métier avec conscience, et cela lui paraissait déjà méritoire.

— Même lorsque vous travailliez à perfectionner la bombe?

Après des recherches théoriques dans une université, David avait en effet été employé par la défense nationale comme spécialiste atomiste.

— Même alors. Je n'ai jamais pensé qu'au but final.

— Qui était la mort du plus grand nombre?

— Qui était d'amener un appareil à la plus haute perfection possible. Je n'ai jamais eu d'autre idéal.

— D'autre idéal! protesta Maurelle.

— Et la plupart de mes collègues étaient dans le même cas que moi. Jamais nous n'avons eu conscience d'avoir connu le péché, comme disait Oppenheimer, poursuivit le physicien, visiblement désireux de s'expliquer à fond. De même, pendant la dernière guerre mondiale, von Braun et quelques autres s'employaient jour et nuit à mettre au point les V2 avec seulement dans l'esprit l'espoir d'atteindre la Lune et sans accorder une pensée aux dégâts secondaires que leurs engins pourraient causer.

— Secondaires et passagers, appuya Maurelle avec un sourire.

— Et l'Histoire leur a donné raison. Le résultat final a été la conquête de l'espace, du moins un début. Pour nous, physiciens et ingénieurs atomistes, il en sera de même. Les recherches faites pour la bombe ont été des éléments précieux pour la construction ultérieure de réacteurs pacifiques, dont les centrales nucléaires furent la première application. Les études faites pour celles-ci nous ont fourni à leur tour des données inappréciables pour la propulsion des navires, et celles que j'effectue ici, ainsi que la mise au point des sous-marins, serviront aussi au but final dont je vous parlais, le seul en définitive valable, c'est-à-dire une connaissance de plus en plus profonde et précise de la matière. Vous n'êtes pas d'accord?

— Je ne sais pas si c'est le genre d'idéal qui miroite dans l'esprit de Mme Bach, murmura Maurelle, songeur.

— Comme la plupart des hommes et des femmes d'action, elle n'a pas conscience d'être un élément de ce progrès, mais elle n'en est pas moins un, c'est indéniable. Le père Teilhard a dit là-dessus des choses intéressantes. Les chercheurs comme moi ont besoin d'être assistés par un esprit d'entreprise comme le sien. A ce point de vue, s'il existe une providence, comme il m'arrive assez souvent de le croire, notre rencontre à propos du *Gargantua* semble avoir été un de ses bienfaits.

— Et tout est pour le mieux dans le meilleur des mondes possibles, commenta Maurelle avec un nouveau sourire.

— Ecoutez. Grâce à elle, *le Gargantua* a été lancé aujourd'hui. Pas comme vous le désiriez, peut-être, mais regardez-le. Il est là.

— Il est là, en effet, admit Maurelle, et c'est exactement ce qu'elle m'a fait remarquer. Vous n'avez donc aucune crainte qu'il ne contribue à empoisonner les mers, comme le redoute l'opinion? Il m'arrive parfois de me poser des questions.

— Aucune crainte.

Le geste fait par David pour souligner sa réponse et balayer toutes les objections de cette sorte traduisait une telle insouciance que le jeune homme ne put s'empêcher cette fois de rire franchement.

— Vous avez sans doute raison. Je devrais être le premier à ne nourrir aucune crainte, moi qui répète *urbi et orbi* depuis des mois que *le Gargantua* est inoffensif. Mais certains de vos savants confrères, même parmi les plus distingués, ne sont pas de votre avis.

— Ce sont des ânes, protesta David, entrant tout d'un coup en fureur. Je suppose que vous faites allusion à cet animal de Havard?

— Entre autres.

Maurelle commençait à s'amuser et, pour prolonger cette nouvelle récréation, s'ingéniait à réveiller le tonus de son ami en lui parlant de sa bête noire.

— Un âne, une taupe qui ne voit pas plus loin que le bout de son nez quoiqu'il soit membre de l'Institut, un être sans imagination, incapable d'une vue d'ensemble, pour qui la conception d'une idée générale est un effort impossible. Sa science ne dépasse pas les symboles d'une formule chimique. L'esprit lui échappe.

Il se calma aussi vite qu'il s'était emporté et se leva.

— Je pourrais vous énumérer en détail ce qui dépasse son entendement, mais il me faudrait plusieurs heures. Je le ferai un jour où j'aurai plus de temps. Mais j'ai un rendez-vous en ville. Demain, nous allons commencer à équiper le réacteur. Seul le gros matériel est en place. J'ai demandé au capitaine de me faire aménager une cabine sur le bateau. Je préfère comme lui habiter sur le chantier.

— Je reste encore un peu, dit Maurelle. Un rapport à terminer. Autant le faire ici.

Il regarda son ami s'éloigner d'un œil songeur, puis il reprit ce qu'il appelait son rapport au point où il l'avait abandonné. Il relut la dernière phrase, eut une pensée pour Valéry, murmura « midi le juste » et poursuivit.

« Bien entendu, les écologistes avaient suscité l'apparition des anti-écologistes, suivant la loi universelle, la loi des lois, celle de l'action et de la réaction, qui gouverne aussi bien les esprits que la matière. Ceux-ci étaient moins nombreux, mais parfois presque aussi virulents. Ils se considéraient comme une élite intellectuelle au regard pénétrant... »

Il s'interrompit quelques instants et, songeant à David, ajouta :

« ... ce qui était parfois vrai. Se félicitant d'échapper à la mode pessimiste grâce à l'acuité de leur intelligence, qui leur permettait de percevoir les ressorts cachés de l'Univers sous les apparences trompeuses de notre civilisation matérielle, ils ne manquaient pas une occasion d'affirmer leur optimisme farouche, inébranlable, malgré vents mauvais et marées noires.

« D'un revers de la main, ils chassaient dans les espaces interstellaires les millions de tonnes pestilentielles s'abattant sur notre planète, soudain délivrée et purifiée par le souffle de leur foi. Un petit nombre allait plus avant, soutenant que l'univers est fait de telle sorte que tout poison contient obligatoirement en soi son contrepoison, ou même que ces prétendues nuisances dont les écologistes nous rebattent les oreilles marquent l'apparition d'une nouvelle étape dans l'évolution, une modification de l'environnement à laquelle les organismes s'adapteraient, comme ils se sont adaptés à bien d'autres avatars depuis qu'il existe des organismes. »

Il marqua une nouvelle pause, songeant que ceci n'était pas une exagération de sa part. Une conversation récente avec David l'avait convaincu que telle était bien sa pensée intime. Encouragé par la satisfaction d'être dans la bonne voie, il continua :

« S'ils ne proclamaient pas ouvertement que tout est pour le mieux dans le meilleur des mondes possibles, c'est parce que cela a déjà été dit et qu'ils se piquaient d'énoncer des formules originales.

« Il est superflu de mentionner qu'écologistes et anti-écologistes se livraient une lutte féroce. Leurs armes les plus courantes étaient les tracts, les pamphlets, les lettres ouvertes, les injures et parfois les manifestations violentes. Les premiers traitaient leurs adversaires d'assassins, de meurtriers de la nature. « Arrêtez les physiciens! Fermez les laboratoires! » hurlaient-ils après Breton. Et encore : « A bas la science! Pendez les chimistes! » A l'invective violente, les optimistes préféraient volontiers le mépris et le sarcasme. Ils comparaient leurs opposants à des taupes, des larves indignes de la condition humaine ou, agitant comme un drapeau le fantôme du père Teilhard de Chardin, les accusaient du crime de lèse-évolution. »

III

Maurelle s'arrêta, relut certains passages presque avec la complaisance d'un homme de lettres professionnel, et hésita à ajouter quelques pages, sentant qu'il avait encore beaucoup à exprimer sur un sujet qui lui tenait à cœur. Ce genre d'écrits avait le don de lui rendre son insouciance naturelle. Mais le soir tombait et il n'avait plus rien à faire sur le navire. Avant de regagner l'hôtel où il logeait en ville, il monta à la passerelle dans l'espoir d'y trouver le capitaine Müller. Celui-ci s'y trouvait en effet et semblait de mauvaise humeur. Il était en train de donner des instructions sur un ton rogue au responsable du service de sécurité prévu pour la nuit. Car si les écologistes ne s'étaient manifestés aujourd'hui et depuis quelque temps que par le mépris, les autorités savaient par expérience qu'ils étaient capables de donner à leur contestation une forme beaucoup plus dangereuse, pouvant aller jusqu'à l'agression et au sabotage.

Maurelle avait conseillé cette prudence. Ayant tout de même réussi à établir quelques contacts dans certains milieux, il se doutait que l'ennemi reprendrait la guerre chaude le jour où ses chefs en donneraient l'ordre. Si le service d'ordre de ce jour s'était révélé superflu, la boiteuse pouvait mobiliser de nombreuses troupes, elle dont il connaissait l'influence sur les habitants de la côte et qui l'avait récemment étendue à diverses organisations beaucoup plus dangereuses, habituées à des opérations de commandos.

Il s'excusa auprès de Müller de la triste allure de la cérémonie de ce jour.

— Je sais bien que vous n'y êtes pour rien, dit le capitaine. Ils sont intraitables. Et ils sont partout. On sent leur ingérence dans tous les milieux, dans tous les bureaux. Ils intimident les plus hautes autorités. Ils font peur... Connaissez-vous la dernière, monsieur Maurelle? ajouta-t-il sur un ton à la fois plaintif et furieux.

Le *ils*, Maurelle le devina sans peine, désignait les écologistes, les ennemis jurés du *Gargantua* surnommé *Léviathan*, ceux que tous ses servants, depuis Mme Bach jusqu'au dernier des matelots, avaient appris à détester.

— Quelle est la dernière?

— Oh! Ils s'y prennent à l'avance, gémit Müller. Comme si nous étions en état de prendre la mer dès demain. Plût au ciel que nous le fussions! Vivement que *le Gargantua* soit en mesure de prendre le large et de quitter ce fichu pays. Il s'en faut encore de longs mois. D'ici là nous aurons d'autres couleuvres à avaler.

— Quelle est la dernière, commandant? répéta Maurelle, inquiet.

— Savez-vous, monsieur Maurelle, ce que nous devrons faire quand nous naviguerons dans la brume? C'est une note que je viens de recevoir de je ne sais quel bureau, qui se dit maritime et international.

— Je ne suis pas marin, mais je suppose : signaler

votre présence à l'aide de la sirène et de la cloche, comme tous les autres navires.

— La sirène et la cloche, bien sûr, mais pas comme les autres navires, rugit le capitaine. Oh non! Nous ne sommes pas un navire comme les autres. Un signal particulier pour nous, pour nous seuls, inventé pour nous. Il est figuré par une demi-page de sons longs et de sons brefs dans cette note. C'est écrit noir sur blanc. Il faut bien prévenir les autres du danger mortel que nous leur faisons courir, n'est-ce pas? Pas seulement un risque de collision, mais un risque de voisinage. Et la nuit, là aussi c'est déjà prévu. Un éclairage spécial, pour nous seuls encore. Et pour nos premiers essais en mer, un itinéraire imposé, à l'écart des lieux de pêche, choisi sans tenir aucun compte des fonds par quelque scribouillard qui ne connaît rien à la navigation et qui reçoit ses ordres des écologistes. Encore heureux qu'on ne nous oblige pas à faire tinter une cloche en permanence, même par beau temps, comme un bateau de pestiférés!

Maurelle lui exprima sa sympathie devant cette nouvelle humiliation, puis le quitta, descendit sur le quai et se prépara à regagner son hôtel. Avant de prendre sa voiture, il se retourna et eut un long regard pour la silhouette du pétrolier, qui s'inscrivait en lignes nettes dans le crépuscule et paraissait encore plus gigantesque qu'en plein jour. Sa monstrueuse structure semblait défier à la fois la mer et la terre.

— Il est là, murmura-t-il, et c'est l'essentiel, disent Mme Bach et David. Ils peuvent avoir raison. Après tout, dans la pénombre, on pourrait aussi bien le comparer à une cathédrale. Il faudra que je tente de suggérer cet aspect, mais j'ai peu de chances d'y parvenir. Génie du mal, Léviathan, c'est ainsi qu'il apparaît aux yeux de la boiteuse et du professeur Havard. Imaginer un membre de l'Institut tombant dans ce genre de superstitions! Un âne, David a raison.

Ces réflexions le replongèrent dans l'atmosphère du combat fastidieux qu'il livrait à la fois à la naïveté populaire et à un certain groupe d'hommes de science. Arrivé à son hôtel, il sentit qu'il ne pourrait se débarrasser de ces pensées importunes qu'en les transposant à sa manière habituelle, ce qu'il fit aussitôt. Il écrivit, à la suite du texte commencé sur le navire :

« Un naïf eût imaginé que, dans ce débat, les savants se seraient tous rangés sous la bannière de ceux qui avaient foi en la science et qui prêchaient l'évangile du progrès. Il n'en était rien : les savants étaient partagés entre les deux partis et un grand nombre avait rallié le clan des écologistes. S'ils ne rejoignaient pas les chœurs hurlant : « Pendez les physiciens et les chimistes! », c'est parce que l'instinct de conservation les faisait s'en abstenir, malgré leur tentation, mais un autre instinct les poussait à s'opposer, avec toute l'autorité de leur renommée, à chaque innovation tendant à modifier le bon vieux train des choses.

« On l'avait bien vu quelques décennies auparavant, lorsque naquirent les premiers projets d'utilisation pacifique de l'énergie atomique... »

Ce n'était pas le premier combat que Maurelle livrait contre les écologistes. Il se remémora l'époque où, encore très jeune, frais émoulu de l'université où il avait acquis une licence de sciences, pour satisfaire sa curiosité d'alors, et une licence de lettres correspondant à ses goûts, il avait été engagé par l'E.D.F. pour s'occuper déjà des relations publiques et faire de la propagande en faveur des centrales nucléaires. Là aussi, il avait connu pas mal de déboires. Il poursuivit :

« ... Chaque fois que ces projets obtenaient l'appui de quelque sommité scientifique, ancien prix Nobel, prix Nobel en puissance de physique, de chimie ou de biologie, dès que cette célébrité démontrait avec preuves irréfutables à l'appui que, non seulement l'énergie nucléaire ne présentait aucun danger pour les populations, mais qu'elle polluait le ciel, la terre et les eaux infiniment moins que le charbon ou le mazout, il se trouvait aussitôt au moins une autre personnalité du monde savant, aussi célèbre, membre de l'Institut, Nobel ou futur Nobel de biologie, de chimie, ou de physique, pour démontrer avec des arguments scientifiques aussi irréfutables que l'utilisation de l'atome dans une centrale présentait un danger terrible, propre à provoquer, sinon une explosion de la planète, du moins un lent empoisonnement de toute une région, une dégradation insidieuse de sa terre, de son ciel et de ses eaux, aboutissant dans des délais plus ou moins brefs à une cascade de cancers et de leucémies, la perspective la plus optimiste étant une lignée de descendants atteints de malformations physiques et mentales, avec comme point final la déchéance et la mort.

« Les scientifiques des deux partis cherchaient alors à se mettre à la portée des profanes et préféraient s'exprimer en images simples plutôt que par des calculs élaborés. Les partisans des centrales avaient inventé une nouvelle unité de volume pour évaluer la quantité de déchets pernicieux qui devraient être stockés dans les entrailles de la terre : la piscine olympique. Ainsi, proclamaient-ils, pour le programme prévu jusqu'à la fin du siècle, le volume de ces déchets n'excéderait pas trois, quatre ou cinq piscines, chiffre beaucoup moins impressionnant que les milliers de mètres cubes brandis par leurs adversaires. Quant aux savants écologistes, ils écrivaient par exemple qu'une boule du plutonium manipulé dans ces centrales, de la taille d'un simple pamplemousse, suffirait à effacer l'humanité entière de notre globe. A cette image qui frappa les esprits, plusieurs répliques furent faites par les anti-écologistes sur un ton plus ou moins sarcastique. L'une d'elles était que si quelque lunatique s'avisait (comme leurs savants collègues semblaient le suggérer pour le plutonium) de condenser dans une boule de la taille d'un pamplemousse un poison comme la batrachotoxine, par exemple, à l'état pur, un poison à peu près mille milliards de fois plus toxique que le plutonium, il y aurait là sans doute de quoi effacer de la terre (si l'on suivait le raisonnement de leurs éminents confrères) mille milliards de fois l'humanité. Pour éviter d'aussi regrettables accidents, ils jugeaient, eux, que le moyen était des plus simples (et ils s'étonnaient que leurs illustres opposants n'y eussent point songé) : c'était de ne pas absorber le poison.

« Ces positions irréductibles des spécialistes les plus qualifiés avaient inspiré un plan ingénieux à quelques esprits subtils. Puisque, disaient-ils, les savants les plus experts ne peuvent se mettre d'accord, la solution est de faire trancher le débat par ceux qui n'y entendent goutte. Mais l'éventualité d'un référendum, un moment envisagée, ne fut pas retenue.

« Le débat n'avait donc jamais été tranché et, témoins de cette lutte acharnée entre le bon sens apparent et l'intelligence subtile, de ces divergences entre les cerveaux les plus puissants du pays et d'ailleurs, les bonnes gens qui n'étaient pas encore embrigadés dans l'un ou l'autre camp demeuraient pantois et angoissés. »

— Voilà, conclut Maurelle.

Il se trouva un peu rasséréné par ce morceau de littérature facile et s'en tint là. Pour terminer une journée décevante, il ne lui restait plus qu'à aller s'asseoir dans le restaurant de l'hôtel, où une servante revêche lui servait un dîner, toujours le même, sans lui adresser un sourire, sans desserrer les dents, image même du mépris dans lequel la ville tenait les servants du navire maudit.

Il poussa un soupir en s'asseyant seul à sa table habituelle, un peu à l'écart des autres convives, comme si on avait voulu le mettre en quarantaine. Il songea que Müller et David avaient bien raison de loger sur le bateau et projeta de demander au capitaine de lui faire aménager une cabine pour lui aussi.

— Ce sera toujours plus gai qu'ici, murmura-t-il tout bas. Et puis, les choses seront plus claires : d'un côté *le Gargantua*, de l'autre, le monde hostile.

Sa solitude lui pesait. Elle s'ajoutait à la lourdeur de l'atmosphère. Il eut une pensée pour Martine, l'amie ingrate qui l'avait abandonné depuis qu'il avait lié sa destinée à celle de ce navire, n'ayant jamais pu s'habituer à la vie de province et surtout à l'ostracisme dont elle était victime de la part des habitants de la ville, elle aussi, comme tous ceux qui, de près ou de loin, avaient un quelconque rapport avec *le Gargantua*.

Il regagna sa chambre, relut les feuillets qu'il avait écrits, fit mine de les déchirer, puis les classa avec un haussement d'épaules. Il chassa l'image de Martine. Sa dernière vision de la journée fut inspirée par l'indignation vertueuse du capitaine Müller. Il réussit à sourire en imaginant le branle permanent d'une énorme cloche accrochée au mufle du navire géant pour signaler sa pernicieuse approche.

— Comme autrefois pour les lépreux du Moyen Age, soupira-t-il avant de s'endormir.

IV

Quelques mois plus tard, dès que *le Gargantua* fut en état de prendre la mer, son premier voyage fut pour rallier le nouveau mouillage préparé pour lui près du port pétrolier du bourg Le Verdon, non loin de l'embouchure de la Gironde, qui devait être plus tard son poste d'amarrage éventuel après plusieurs croisières. Mme Bach, qui ne lésinait pas sur les dépenses d'investissement quand il s'agissait de faire triompher ses idées, avait créé là une installation qui permettrait de terminer l'équipement du réacteur et de le mettre au point, sous la haute supervision de David, le chantier de Saint-Nazaire n'étant pas outillé pour ces travaux délicats. Car, si les hélices du géant pouvaient déjà tourner, si les turbines et les alternateurs étaient en cours de rodage, si l'installation électrique était à peu près terminée, l'énergie qui actionnait ce monde était fournie par des chaudières accessoires, de vulgaires chaudières à mazout, *mes* bonnes vieilles chaudières, comme disait le chef mécanicien Guillaume à David, qui ne sont sans doute pas capables des performances de *votre* réacteur, mais qui sont déjà sous pression, elles, et qu'on est bien heureux d'avoir sous la main, tandis qu'il faudra encore plusieurs mois à *votre* engin, avant qu'il puisse envoyer de la vapeur dans *mes* turbines.

— C'est possible, répondait David sur le même ton, mais quand *mon* réacteur sera chargé, *le Gargantua* pourra faire sept fois le tour du monde sans escale, sans avoir besoin de perdre des heures et des heures dans un port pour ravitailler *vos* vieilles chaudières.

— C'est vrai, grognait Guillaume. Ce qu'il y a de terrible, c'est qu'il le fera, ou presque. Croyez-vous que ce soit là le progrès et que l'équipage vous bénira pour ces performances?

Le physicien haussait les épaules en riant. Il n'existait pas d'antagonisme entre les deux hommes. Ils s'étaient tacitement partagé l'empire des machines. Guillaume parlait de *ses* chaudières, de *ses* turbines, de *ses* alternateurs, de *ses* condenseurs; David, de *son* réacteur nucléaire. Mais, tout en affirmant sa maîtrise dans sa spécialité, chacun s'efforçait de s'initier à celle de l'autre. Pour Guillaume, c'était à la fois un instinct professionnel et un devoir. David ne devait pas toujours rester sur *le Gargantua*. Après quelques voyages, lorsque le réacteur serait rodé, c'était le chef mécanicien qui reprendrait la haute main sur l'ensemble de la machinerie. Pour les mettre au courant des principaux mystères de la réaction atomique et des problèmes qu'elle peut poser, David faisait depuis des mois des conférences à tous les officiers mécaniciens du navire. Quant au physicien, sa curiosité toujours en éveil à propos du comportement de la matière, sa soif de se familiariser avec ses milliers de combinaisons possibles lui faisaient rechercher toute occasion de s'instruire sur le fonctionnement d'appareils antiques, mais nouveaux pour lui, et parfois solliciter avec humilité les éclaircissements de Guillaume. Heureux de cette disposition d'esprit, celui-ci était toujours prêt à lui donner les explications nécessaires, avec force schémas à l'appui.

Le capitaine Müller n'était pas étranger à cette entente cordiale. Au début de leur collaboration, devant la réserve rechignée de Guillaume chaque fois qu'il était question de propulsion nucléaire, sa longue expérience lui avait fait subodorer une possible rivalité entre le physicien et le mécanicien, avec tous les inconvénients qu'il pouvait en résulter pour la vie à bord. Les présentant l'un à l'autre, il avait pris les devants et déclaré avec autorité :

— Je lis en ce moment un livre fort intéressant : *Nuclear ship propulsion* d'un nommé Rowland F. Pocock. Voici un passage de l'introduction : « Le Dr Alan Davis a divisé les experts en propulsion nucléaire maritime en deux catégories : les ingénieurs nucléaires, qui ne connaissent rien aux navires, et les ingénieurs de la marine, qui ne connaissent rien à l'énergie nucléaire. » Que pensez-vous de cette opinion?

Après quelque hésitation, les deux hommes étaient convenus avec une ébauche de sourire que cela leur paraissait une grande vérité. Müller avait apprécié cette attitude et continué avec un redoublement d'énergie :

— Moi, je me range dans une troisième catégorie : ceux qui ne connaissent rien à l'énergie nucléaire et qui n'ont que de très pâles lueurs sur le fonctionnement des machines de la marine. En revanche, je connais les navires sous un autre aspect et je sais que leur comportement en mer dépend dans une grande mesure de l'harmonie régnant parmi ceux qui les servent.

Guillaume et David avaient accentué leur sourire et s'étaient serré la main. Grâce à quelques remarques du même genre que le capitaine avait adressées à tous ses subordonnés, après les avoir réunis, l'entente régnait aussi, à bord du *Gargantua*, entre les officiers de pont et les officiers mécaniciens. Et ceci était assez exceptionnel pour que Mme Bach se félicitât chaque jour d'avoir choisi Müller pour présider aux destinées du pétrolier géant.

Mais si l'entente régnait à bord du *Gargantua*, il n'en était pas de même entre son équipage et la population de la côte, qui lui était encore plus hostile que celle de Saint-Nazaire. Peut-être était-ce même cette inimitié, que tous sentaient peser sur leurs épaules depuis le capitaine jusqu'au cuisinier, qui avait contribué à renforcer l'esprit d'équipe. En fait, le fossé se creusait de plus en plus entre le navire et le monde extérieur, un monde harcelé par la fièvre écologique.

Maurelle l'avait prévu. Ayant accompagné le navire à son nouveau port d'attache avec la même mission de relations publiques, il devait admettre un nouvel échec, encore plus complet que le précédent, malgré ses efforts déployés pour détruire la légende maléfique attachée au *Léviathan*. Il est vrai qu'il se heurtait ici à une population directement influencée par la boiteuse, qui habitait un village voisin, et, en général, à une recrudescence de la campagne menée dans le pays par les écologistes.

Les centrales nucléaires tout de même construites, malgré leur opposition, et sans dommage visible pour l'environnement, ceux-ci avaient paru se calmer pendant un certain temps. Il n'en était rien. Les flammes de leur fureur n'étaient plus apparentes, mais la braise écologique couvait toujours. Le projet de construire *le Gargantua* avait agi sur elle comme le souffle d'un violent mistral. Une trop belle cible! déplorait Maurelle. Pétrolier et nucléaire! Un engin doublement

pollueur, paraissant conçu par le Malin pour répandre les deux plus grands fléaux de l'humanité. Si
l'on pouvait à l'extrême rigueur se résigner à l'existence d'un réacteur immobile, enchaîné dans l'acier
et le béton d'une usine, que dire d'un monstre lâché
en liberté, propageant la perversité de l'atome sur
tous les océans et dans tous les ports! Ses adversaires avaient trop beau jeu de rappeler le précédent d'un navire japonais de cette sorte, qui s'était
révélé dangereusement radioactif et qui avait erré
longtemps en mer, avec un équipage en danger de
mort, repoussé sans pitié de toutes les côtes où il
cherchait à faire escale. De surcroît, ce monstre por-
terait en ses flancs six cent mille tonnes de pétrole,
un potentiel encore jamais atteint de marées noires
pernicieuses, prêtes à déferler à la première tempête,
marées en comparaison desquelles celle du *Torrey
Canyon* devait être considérée comme une insignifiante
pellicule.

Cependant, le travail se poursuivait à bord du *Gargantua*, qui faisait de temps en temps des essais en mer,
encore mû par ses chaudières auxiliaires. Maurelle participait parfois à ces courtes croisières. Il se trouvait
cet après-midi-là sur la passerelle, conversant avec le
capitaine Müller, qui était satisfait de la tenue de son
navire. Heureux d'échapper à l'ambiance pénible de
la côte, tous deux faisaient leur possible pour ne pas
y faire allusion dans leurs propos, sans y réussir toujours. Ils furent rejoints par David, un David qui avait
revêtu un bleu de chauffe, les mains sales et le visage
ruisselant de sueur.

— On ne vous a pas vu depuis le départ, monsieur
David, dit Müller. Ce n'est pourtant pas votre réacteur
qui vous accapare; il n'est pas encore chargé.

David lui répondit qu'il avait passé son temps dans
la salle des chaudières. Le capitaine approuva cette
conduite.

— Heureux que vous ne méprisiez pas trop notre antique machinerie. Je suppose que vous êtes monté ici pour respirer un peu d'air pur.

— Pas du tout, commandant. Je suis venu vous informer que tout se passe bien en bas, et je ne crois pas tellement aux bienfaits de l'air pur.

Le capitaine le regarda d'un air effaré, comme s'il avait entendu proférer une énormité. Les remarques du physicien plongeaient souvent dans une profonde stupéfaction ce marin amoureux de la nature, qui souffrait plus que tout autre du reproche qu'on lui faisait de lui porter atteinte. Maurelle sourit :

— David soutient, dit-il, que la mystique de l'air pur n'a aucun fondement raisonnable.

— Comme presque tout ce qui s'attache à opposer le naturel et l'artificiel, affirma le physicien. L'air que l'on prétend pollué par l'industrie de ce siècle est aussi naturel que l'air respiré par nos ancêtres des cavernes.

— Vraiment! protesta Müller, au bord de l'indignation.

— Il n'y a plus que Havard, commandant, et quelques autres pseudo-scientifiques de son espèce, pour croire que c'est l'environnement qui crée les conditions de la vie. C'est le contraire qui se produit, nous le savons depuis James Lovelock. Ce sont les êtres vivants qui déterminent et contrôlent cet environnement dans le sens qui leur est nécessaire. Depuis l'apparition de la vie, qui a suscité celle d'une atmosphère, celle-ci a été sans cesse ajustée par l'ensemble des créatures, pour la maintenir en conformité avec leurs besoins vitaux. C'est ce que nous continuons à faire inconsciemment.

C'était le genre de conversations que le physicien avait souvent avec Maurelle. Celui-ci aimait l'entendre exposer ses théories favorites. Mais le capitaine Müller ne goûtait guère ce qui lui apparaissait comme des paradoxes.

— Pas une seule misérable barque en vue, soupira-t-il.

L'après-midi s'achevait, mais la lumière était encore vive. *Le Gargantua* continuait sa course lente en solitaire. A peine avait-on aperçu dans la journée à l'horizon la ligne basse de deux ou trois cargos regagnant un port.

— C'est normal, ici, poursuivit Müller. On m'a imposé cet itinéraire, à l'écart des routes maritimes et des lieux de pêche. Mais vous n'avez pas vu le plus réjouissant, monsieur David, vous étiez auprès des machines, qui suffisent à votre bonheur. Au départ, il y avait quelques voiliers au large, des plaisanciers venus de La Baule sans doute. Dès qu'ils ont aperçu le nez de notre *Gargantua* tourné vers le large, ils ont pris la fuite. Une débandade générale. Quelques pêcheurs se trouvaient là aussi. Même manœuvre, même affolement. Pourtant, ils savaient bien que nous n'allions pas croiser dans leur secteur. J'observe les consignes, grand Dieu! J'aurais passé le plus loin possible. Pour eux, c'était encore trop près. A cinq miles de distance, nous risquions de les contaminer.

— Que serait-ce si le réacteur était chargé? observa David en riant. Il n'y a pas un milligramme d'uranium à bord.

Leur conversation fut interrompue par les besoins du service. Le capitaine écouta plusieurs rapports, confirmant que tout marchait à souhait, aussi bien dans la machinerie que sur les ponts. Puis il fit légèrement modifier le cap pour tenir le navire à l'intérieur des limites imposées. Ensuite, le soir tombant, il ordonna de veiller à l'allumage des feux, d'une voix qui fit trembler le jeune officier auquel il s'adressait.

— Et surtout, ne vous trompez pas, gronda-t-il. Vous avez bien compris le schéma tout à fait inhabituel qui nous est imposé. Répétez.

L'autre répéta sans se tromper. Le capitaine haussa les épaules et revint vers Maurelle et David.

— Pas une once d'uranium, pas un gramme de pétrole, répéta-t-il, mais pour tous les marins, c'est un bateau du Diable. Même vide, il leur fait peur. Quand nous trimbalerons six cent mille tonnes de pétrole brut et quand votre réacteur sera chargé, je me demande quelle sera leur attitude. De toute façon, ajouta-t-il sur un ton désabusé, elle ne pourra pas être plus désagréable et plus humiliante.

— Plus humiliante, non, admit Maurelle après avoir réfléchi. Plus désagréable, commandant, je ne le jurerais pas. Je persiste à craindre que leur hargne ne se manifeste un jour d'une manière plus brutale que par le mépris.

V

Mme Bach était venue voir l'avancement des travaux et l'avait trouvé satisfaisant. Le navire commençait à être bien rodé. On devait bientôt procéder au chargement du réacteur et le mettre en marche. Dans trois ou quatre mois sans doute, après de nouveaux essais, *le Gargantua* serait prêt pour effectuer son premier voyage en Orient, revenir avec sa cargaison, et la compagnie commencerait à recueillir les fruits des énormes investissements nécessités par son enfantement. A ce point de vue, Mme la présidente n'avait que des compliments à adresser aux uns et aux autres, et elle ne les ménagea pas. Ensuite, le chapitre des considérations techniques terminé, elle s'inquiéta du mauvais climat qui régnait dans la région, climat qui ne s'améliorait pas, qui se détériorait même d'après les rapports de Maurelle et dont elle se rendait compte que tout l'équipage souffrait, ce qui n'était jamais bon, estimait-elle, pour n'importe quelle entreprise.

Dans le salon qui faisait partie de l'appartement du capitaine, appartement doté de tout le confort souhaitable comme sur tous les grands pétroliers et même aménagé sur *le Gargantua* avec un certain luxe, elle avait réuni Müller, David et son secrétaire, désirant avoir avec celui-ci surtout une conversation sérieuse.

Quand Maurelle mentionna l'action menée par la boiteuse, un éclair de mauvaise colère passa dans sa prunelle.

— La boiteuse, mon petit Maurelle! s'écria-t-elle. Nous n'allons tout de même pas permettre à la boiteuse de contrecarrer nos plans.

L'existence de la boiteuse et sa personnalité étaient bien connues de toutes les autorités de la compagnie pétrolière, et en particulier de Mme Bach. La campagne qu'elle orchestrait depuis la naissance du projet avait donné lieu à pas mal de réunions au sommet et à l'étude de nombreux plans pour la neutraliser, plans qui avaient tous échoué.

— Il n'y a pas qu'elle, murmura David. Il y a aussi...

— Le professeur Havard, je sais, trancha Mme Bach. Mais celui-là n'est pas dangereux pour l'instant, tandis que la boiteuse l'est, Maurelle, d'après ce que vous m'avez laissé entendre.

— A mon avis, elle l'est, madame.

Il récapitula en quelques mots le genre de femme qu'était la boiteuse, l'influence qu'elle avait dans le pays et les nombreux clans qu'elle avait rassemblés autour de sa béquille.

— Vous n'avez découvert aucun moyen de lui faire entendre raison?

— Raison! protesta Maurelle avec rancune. Dieu sait si nous avons de bonnes raisons et si je les ai ressassées pour tenter de les faire admettre, à elle comme à ses amis, en les entortillant avec du papier doré. Peine perdue. Tous les arguments, tous les vieux bobards proférés autrefois contre les centrales m'ont été resservis, agrémentés de quelques-uns inédits : *le Gargantua* laissant derrière lui un sillage de radioactivité mortelle. Toute la mer infectée se couvrant bientôt de tonnes de poissons, le ventre en l'air. Je leur ai décrit toutes les précautions prises, toutes nos expériences préalables. J'en ai amené certains presque de force dans une salle de projection — pas elle, pas la boiteuse, bien sûr; elle n'a jamais daigné répondre à mes avances — mais au début de notre séjour, quelques-uns de ses amis sont venus. Ils ont vu, ils ont fait la moue, ils n'ont pas été convaincus. Je les ai conviés à venir voir de leurs yeux l'épaisseur de métal qui emprisonne les atomes, à la mesurer. Rien à faire. Tous les pêcheurs sont convaincus que leur mer va devenir un bouillon de culture et que les éléments de sa faune et de sa flore qui, par miracle, auront échappé à la radioactivité, sont voués à la destruction à cause de la monstrueuse cargaison du navire. Ces six cent mille tonnes de pétrole brut, ils les voient déjà empuantissant des milliers de kilomètres carrés d'océan. En cas de naufrage...

— Le Gargantua n'est pas destiné à faire naufrage, que je sache, interrompit Mme Bach d'un air pincé; n'est-ce pas, commandant?

— C'est une hypothèse que je n'envisage pas.

— Mais ils en parlent comme si cela devait arriver de toute évidence dès sa première sortie, continua Maurelle, surexcité au souvenir de ses déboires. Ils versent des larmes de crocodile sur les poissons décimés, sur les albatros aux ailes engluées, sur les pingouins, sur les manchots du Cap, sur les phoques...

— Les pingouins, les manchots, les phoques? interrompit encore Mme Bach d'un air excédé.

— Une enquête faite par je ne sais plus quel groupe de savants a démontré, paraît-il, que toutes ces bêtes étaient vouées à l'anéantissement si les navires pétroliers continuaient à souiller les mers. Ils s'apitoient sur le plancton; que sais-je encore? Les plus stupides (pas la boiteuse, elle n'est certes pas bête) parlent de l'élévation de la température des océans si d'autres navires de ce genre voient le jour. Rien n'y a fait, madame, je vous le répète. La raison ne sert à rien avec eux. Toutes mes tentatives, d'ailleurs, datent déjà d'une époque où l'on pouvait encore discuter ou faire semblant. Aujourd'hui, la plupart de ces minces contacts ont été rompus. La boiteuse a interdit à ses amis de me rencontrer. Elle a ses troupes bien en main.

— Si la raison est impuissante, remarqua Mme Bach après avoir réfléchi, n'avez-vous pas songé à un autre moyen? Cette boiteuse doit avoir un côté vulnérable. Elle est pauvre, m'avez-vous dit? Ce ne serait pas la première fois qu'un dédommagement convenable arrondirait les angles dans les affaires.

— Madame, pour qui me prenez-vous? s'écria Maurelle, presque indigné. Vous pensez bien que j'y ai songé. Je n'ai pas opéré directement, bien sûr, mais par des voies détournées, avec prudence et tact, j'ai essayé de lui faire entendre que les autorités de la compagnie pourraient lui être reconnaissantes de plusieurs façons de sa simple neutralité. Elle a eu vite fait de me faire comprendre, elle, qu'il serait dangereux pour nous d'insister dans cette voie.

— Incorruptible, je vois, murmura Mme Bach avec dépit.

— Incorruptible et fanatique! s'écria Maurelle avec rage; la race la plus dangereuse. C'est la tordue qu'on devrait l'appeler. Possédée par l'idée fixe que nous sommes des suppôts de Satan. Elle veut la guerre sainte.

— Et s'il s'agit un jour de guerre, ses troupes sont importantes?

— Importantes et variées. Son influence s'étend bien au-delà de la région. Elle a des sympathies et exerce son autorité dans tous les milieux qui nous sont traditionnellement hostiles : les écologistes, bien sûr,

de tout poil, grands et petits, professionnels et amateurs; les pêcheurs, les plaisanciers, les vacanciers, les
partis de l'opposition systématique...

— La mairie de la commune? demanda Mme Bach,
que cette énumération semblait agacer.

— Mauvaise. L'ancien maire nous était plutôt favo-
rable. Le nouveau ne l'est pas, malgré la patente que
nous payons à la commune. Lui, il ne nous aurait
jamais loué ses terrains. La boiteuse, qui fait partie
du conseil municipal, l'a converti à sa croisade.

— Les curés?

— Une très froide réserve. J'ai essayé, certes, je
vous jure, madame, que j'ai tout essayé.

— J'en suis certaine, mon petit Maurelle, interrompit Mme Bach, un peu radoucie devant l'émoi de son
secrétaire. Ce que j'en dis, c'est pour faire le point.
Donc, les curés?

— Je suis allé prêcher chez eux, madame. Que
n'aurais-je pas fait pour la compagnie! Les villageois
sont assez religieux dans l'ensemble et les curés ont
conservé une certaine influence. J'ai fait des promesses.
J'ai versé des sommes importantes au denier du culte.
Je suis allé voir l'évêque. Partout, je me suis heurté à
un mur. Ils ont tous trop peur de choquer le sentiment
populaire pour oser nous montrer des dispositions
favorables.

— Donc, dit le capitaine Müller avec lassitude, nous
devons nous préparer à affronter le mépris pendant
les mois que dureront encore les essais; ensuite, être
en butte à la même hostilité chaque fois que nous
reviendrons à quai?

— On peut s'habituer à vivre entouré de mépris, dit
calmement Mme Bach, mais vous m'avez envoyé un
rapport, Maurelle, dans lequel vous semblez craindre
quelque chose de plus sérieux.

— J'ai pensé, madame, qu'il était de mon devoir de
vous alerter. Hélas! Je n'ai rien de précis à ajouter.

Je sais simplement qu'ils s'agitent tous dans l'ombre. La boiteuse a su créer des liens entre les différents clans. Ils tiennent des assemblées communes. Prétextes : joutes, courses de bateaux, concours de pêche. Cela se termine toujours par une réunion houleuse où nous sommes voués aux gémonies. Les esprits sont surexcités au plus haut point; et il y a des réunions secrètes entre les chefs qui me paraissent plus inquiétantes encore.

— En conclusion?

— En conclusion, je redoute un déchaînement subit, qui pourrait même se traduire par une attaque en règle.

— J'aimerais presque mieux cela, murmura le capitaine Müller.

— Ce n'est pas mon sentiment et je ne crois pas que cela soit celui des autres administrateurs de la compagnie, dit assez sèchement Mme Bach. Vous feriez bien, commandant, de renforcer le service de sécurité autour du bateau, surtout la nuit. Je me suis entendue avec le préfet, que je connais personnellement. N'hésitez pas à faire appel aux forces de l'ordre si un jour les choses se gâtent; autant que possible, un peu avant.

— Pour moi, madame, dit David, qui n'avait pas pris part à la discussion, je suis convaincu que ces malentendus se dissiperont et que tout cela finira bien.

— Cela ne m'étonne pas de votre part, murmura Maurelle en haussant imperceptiblement les épaules.

Mme Bach fixa un moment le physicien de son regard aigu. Puis elle sourit pour faire oublier le ton impérieux qu'elle avait pris auparavant.

— Eh bien, mon petit Maurelle, dit-elle, je suis convaincue, moi, que M. David a raison. Tout cela finira bien.

VI

La boiteuse se parlait à elle-même en disposant un repas d'ascète dans la pièce qui, avec une minuscule cuisine, constituait son logis. Elle vivait par avance les péripéties d'une journée que tout faisait prévoir triomphale, exaltée par la perspective de la réussite qui devait couronner des efforts déployés depuis plusieurs années : le sabotage et la mise hors service pour un long moment du *Gargantua-Léviathan*. Son sang était délicieusement enflammé d'orgueil alors qu'elle se contemplait à la tête d'une flotte montée par une foule hurlante, donnant l'assaut au monstre abhorré, une action d'une audace folle, au service de l'humanité, dont les échos retentiraient dans le monde entier.

Elle était parvenue d'abord à se persuader, puis à convaincre une légion d'adeptes, du caractère sacré de sa croisade et son auréole de sainteté illuminait ses nuits d'infirme solitaire. Personne n'ignorerait que c'était à son appel que des milliers de croisés auraient affronté *le Léviathan* et lui auraient causé des blessures profondes. La prison, peut-être, après, mais quel point de mire elle serait alors pour les photographes et sans doute pour la télévision!

La télévision... Le sourcil de la boiteuse se fronça, en même temps que sa main se crispait sur sa béquille, qui ponctuait son monologue sur le plancher nu. Un souvenir amer. Elle avait bien été interviewée deux ou trois fois, mais à la sauvette, une minute à peine, par un reporter peu connu, un hommage sans rapport avec l'importance qu'elle représentait. Après le coup d'éclat qui se préparait, même si elle était arrêtée, son procès passerait en gros plan et, dans quelques années, quelques décennies au plus tard, son intransigeance, son refus de pactiser avec les démons seraient considérés comme la sagesse suprême. Elle se répétait à voix basse ces encouragements enivrants, tout en disposant sur sa table une casserole cabossée contenant son brouet du soir, auprès d'une assiette ébréchée et d'une carafe d'eau.

Toute croisade doit avoir ses bannières. Les siennes étaient nombreuses et pittoresques. Elle était allée en faire une ultime inspection dans le hangar désaffecté, connu seulement de quelques initiés, qui les abritait, en attendant le jour où elles se dresseraient triomphalement sur la mer. De longues bandes d'étoffe blanche sur lesquelles s'inscrivaient différentes formes d'indignation, diverses selon la nature des clans qui constituaient son armada : les slogans, expression sarcastique ou passionnée de la surexcitation populaire, mise en phrases par des aèdes bénévoles ou stipendiés. La boiteuse en voyait déjà les vagues ondulantes entourant le navire maudit : « Plutonium, fils de Pluton », « Le neutron n'est pas neutre : il tue », « Nucléaire, cimetière », « La mer aux pêcheurs, pas aux fossoyeurs », et bien d'autres encore, qu'elle récitait comme des litanies, en remplissant son assiette, adaptant son accent à la nuance du sentiment exprimé.

Autrefois, ouvrière en usine, la boiteuse avait contracté l'infirmité qui lui valait son surnom à la suite d'un accident dont elle rendait responsable la carence des systèmes de sécurité. Elle en avait conçu une haine farouche à l'égard de toute entreprise industrielle. Eclopée pour le reste de ses jours, réduite à clopiner, la hanche tordue, rivée à sa béquille, une maigre pension suffisait à sa subsistance et lui laissait des loisirs. Elle en avait profité pour lire, s'instruire et prendre des contacts dans différents milieux. Intelligente, issue d'une famille de marins pêcheurs, apparentée aussi à des cultivateurs de l'arrière-pays, elle exerçait une influence considérable dans toute la région. Le projet de construction d'un pétrolier nucléaire, qui devait s'ancrer près de son village, avait été pour elle l'occasion de donner une orientation plus précise à sa rancune et d'étendre peu à peu son ascendant à tous les milieux hostiles à ce projet.

Pendant les années que durait la construction du navire, elle n'avait cessé de faire surveiller le chantier par des amis à elle, épiant avec une délectation hargneuse la lente gestation du navire, qu'elle était arrivée à considérer comme son ennemi personnel. Il hantait ses nuits, tel un dragon suscité par l'enfer, qu'elle-même, nouvel archange, avait reçu du ciel la mission de combattre. La sourde campagne qu'elle menait contre lui ne s'était jamais relâchée. Au début, elle avait organisé quelques manifestations qui avaient échoué. Elle ne possédait pas alors assez d'atouts. Son autorité ne s'exerçait pas encore sur des éléments de choc, propres à animer de telles démonstrations. Les groupes de pêcheurs et de paysans auxquels s'étaient joints quelques rares citadins avaient été aisément dispersés par un service d'ordre prêt à intervenir autour du chantier. Elle avait compris que son heure n'était pas encore venue et était rentrée dans l'ombre, se contentant d'étendre ses relations et d'en-

tretenir chaque jour l'ardente révolte de ses troupes,
se réservant de frapper un grand coup, le jour où
l'ennemi, trompé par ce calme apparent, ne s'y atten-
drait pas. Ce jour était proche.

Un coup de sonnette aviva la flamme qui brillait
dans ses yeux à l'évocation de ce jour glorieux. Son
cœur se mit à battre quand elle reconnut le visiteur.
C'était un épicier du village, qui faisait fonction de
facteur pour les plis urgents. Il tendit un télégramme.
— Je suis venu très vite, dit-il. C'est peut-être important. Cela vient de Paris.
L'épicier était un de ses fidèles. Il n'ignorait presque rien de la manifestation prévue, la boiteuse
n'ayant que peu de secrets pour lui. Elle coinça sa
béquille contre sa hanche pour décacheter le pli et
le parcourut des yeux avant de le lire à haute voix.
— Ecoute : « Comptez sur moi. Serai près de vous
pour le bon combat. » Et c'est signé : Professeur
Havard.
— Ça alors, murmura l'épicier, le souffle coupé.
Tous les contestataires connaissaient de réputation
le membre de l'Institut, bête noire de David, dont on
parlait pour un prix Nobel. La campagne farouche
qu'il menait contre tout projet nucléaire avait fait de
lui une sorte de vedette. Le visage de la boiteuse s'empourpra de joie et d'orgueil et elle savoura la mimique
admirative par laquelle l'épicier manifestait son
respect pour elle, la boiteuse, qui réussissait à dépla-
cer les plus hautes autorités scientifiques.
— Je savais qu'il ne nous laisserait pas tomber, dit-
elle. Et il n'est pas le seul.
Elle ouvrit une boîte en fer-blanc et plaça ce dernier
message au-dessus d'une pile de lettres et de télé-
grammes émanant de personnalités diverses, qui

avaient déjà accepté de participer à la manifestation.
Celles-ci et Havard lui-même ignoraient le plan final
de sabotage. La boiteuse leur avait simplement parlé
d'une démonstration spectaculaire pour affirmer l'hostilité du peuple. Ils seraient là, c'était l'essentiel.

Elle versa un verre de vin au facteur de fortune et
s'en servit elle-même une rasade, elle qui ne buvait
ordinairement que de l'eau rougie.

L'épicier s'était retiré après avoir vidé son verre.
Elle acheva son repas en faisant une récapitulation
des troupes qui se grouperaient autour d'elle, le
moment venu. Des milliers, sûrement. Sans doute, des
dizaines de milliers. Elle n'osait pas fixer de chiffre.
Elle préférait se répéter les mots « multitude innombrable », qu'elle voyait déjà imprimés dans tous les
journaux de province et de la capitale, répétés sur les
ondes longues et courtes; multitude innombrable,
embarquée sur une armada de centaines et de centaines de bateaux, pour aller affronter *le Léviathan*
dans son élément, la mer.

Son réacteur en marche, ses essais maintenant terminés, *le Gargantua* était parti pour sa première croisière en Orient. C'est à son retour, lorsqu'il reviendrait
chargé de ses six cent mille tonnes de poison, pour
aller les déverser dans un oléoduc dont la plate-
forme émergeait à quelques miles de la côte, que la
boiteuse avait décidé de l'attaquer. Alors, il aurait
déjà considérablement ralenti son allure et sa hauteur
réduite au-dessus de l'eau permettrait un abordage
facile. Le but final, sabotage, la plupart des marins
pêcheurs qui avaient promis leur concours l'ignoraient, comme les personnalités scientifiques. Ils
croyaient, eux aussi, à une manifestation de masse, se
bornant à occuper le navire et à l'empêcher de déchar-

ger son pétrole pendant un temps plus ou moins long. Seuls, les commandos spécialisés dans ce genre d'opérations étaient au courant.

Les éléments de la flotte convergeraient sur le pétrolier, qui devait approcher de l'oléoduc au petit jour. (La boiteuse était renseignée sur le calendrier de ses moindres déplacements par des agents à elle.) Des bateaux de toute sorte et de toute taille, depuis de gros chalutiers jusqu'à de simples barques, ayant à leur bord tout ce que le pays comptait d'écologistes.

Dans un mois! La boiteuse rangea les restes de son repas, lava sa vaisselle et se prépara à sortir pour se rendre à une réunion secrète de son état-major, où les dernières dispositions devaient être arrêtées. Elles étaient déjà bien nettes dans son esprit, mais la vision qui, ce soir, éclipsait toutes les autres, était sa propre image, elle chétive et infirme, elle au premier rang de cette sainte armada, sur un bateau qui aborderait le premier le pétrolier géant, elle encadrée par les représentants les plus célèbres du monde scientifique, elle enfin, après la bataille, contemplant les ravages causés au *Léviathan* par sa patience et par son audace. Quand elle descendit l'escalier de bois aux marches dures, le martèlement de sa béquille parut éveiller des échos glorieux dans sa misérable demeure.

VII

Le premier grand voyage du *Gargantua* confirmait à tout l'équipage que l'ostracisme dans lequel il était tenu et la terreur qu'il inspirait ne se limitaient pas à un petit coin de la côte atlantique. Après le réconfort de prendre la mer pour une vraie traversée et non plus pour des essais en circuit fermé, après la satisfaction professionnelle de sentir que le géant, malgré ses dimensions, obéissait de mieux en mieux à sa volonté, le capitaine Müller fut de nouveau exaspéré par le vide perceptible qu'il créait dans sa progression vers le Moyen-Orient. A peine avait-il croisé deux ou trois autres pétroliers, qui ne pouvaient guère l'éviter. En ces occasions, c'est en vain que Müller avait envoyé un signal de bienvenue, comme c'était la coutume. Il n'avait reçu aucune réponse et les navires s'écartaient aussi vite qu'ils le pouvaient du sillage du monstre. De rage, contre toute raison sous un ciel limpide, il avait donné l'ordre d'accompagner leur fuite par un carillon endiablé de cloches et des ululements de sirènes.

L'Atlantique fut ainsi parcouru. Les travaux d'élargissement et d'approfondissement du canal de Suez entrepris depuis plusieurs années permettant au *Gargantua*, à vide, d'emprunter cette voie, il s'engagea dans la Méditerranée. Au passage de Gibraltar, malgré un beau temps persistant, Müller put constater que les plages avaient été à peu près toutes désertées. Les estivants attendaient que le pétrolier nucléaire se fût éloigné pour reprendre leur bain et leurs jeux.

La traversée de la Méditerranée se fit dans la même atmosphère. Maurelle, qui participait à ce premier voyage, songeait avec une amère ironie à la dérision de son titre d'homme des relations publiques, lui qui, depuis qu'il s'était consacré à l'avenir de la propulsion nucléaire, ne parvenait à établir aucun contact important avec le monde extérieur et vivait dans la quasi-solitude que *le Léviathan* créait autour de lui, sur terre comme sur mer. En mer, inactif, il tentait le plus souvent de se changer les idées, soit en conversant avec David, qui conservait, lui, une bonne humeur fortifiée par la constatation que son réacteur fonctionnait à souhait et donnait la puissance prévue, soit, quand le physicien était occupé, à sa manière habituelle, c'est-à-dire en rédigeant des réflexions inspirées par l'étrangeté de la situation présente et corsées par sa tournure d'esprit particulière. Mais ces exercices n'étant pas propres à dissiper le sentiment de solitude, il avait pris l'habitude de les faire sous forme de lettres adressées à Martine, l'amie qui l'avait abandonné et dont l'absence ajoutait à la mélancolie de certaines heures. C'est ce qu'il fit ce matin-là, comme *le Gargantua* passait au large de la Sicile.

« ... Ici, ma chère âme, je suis complètement désarmé. Et sais-tu pourquoi? Parce que ce bateau de malheur ne pollue pas. Pas la moindre trace de radio-activité. David le prouve à chaque seconde par ses analyses. Je le répète, je le ressasse après lui et personne ne me croit. Dans ces conditions, toute propagande est impossible. Si l'on pouvait seulement déceler un jour quelque émanation dangereuse, nous serions sauvés et je pourrais enfin déployer tous les talents que tu connais. Nous utiliserions alors les bonnes vieilles méthodes qui ont fait leurs preuves à terre en matière de pollution, méthodes que je t'ai exposées autrefois, mais permets-moi de te les rappeler. (J'ai besoin de m'entretenir avec quelqu'un qui me comprend.) Supposons une usine située en un point A, fabriquant je ne sais quels produits chimiques et distillant de plus, à titre accessoire, différents poisons qu'elle rejette dans l'atmosphère et dans les eaux. Bon. Les écologistes commencent une virulente campagne. On discute. On parle, on parle au moins, tu me comprends, ma chère âme? Tandis qu'avec ce navire parfait, il n'y a pas la moindre base de discussion. Le remède est facile à découvrir. « Y a qu'à. » Il n'y a qu'à se procurer un nombre suffisant de filtres, de stations d'épuration munies d'un tonnage adéquat de produits dépolluants, et à les installer au point A, ce qui apaise les critiques. Bien entendu, la fabrication des filtres, des stations d'épuration et surtout des produits dépolluants implique la création d'une deuxième usine en un point B, choisi assez éloigné du premier, qui répand à son tour des flots de poison sur la terre, dans les airs et sur les eaux, une pollution du même ordre de grandeur que la première. Mais la région autour de A est maintenant purifiée, blanche comme neige, et l'usine A lavée de tous les péchés du monde. Il ne reste plus qu'à s'occuper de B de la même façon, c'est-à-dire en construisant en C une troisième usine, qui fabriquera en série tous les ingrédients nécessaires à sa dépollution. Et ainsi de suite. Le génie industriel, ma chère âme, a atteint un tel degré d'évolution que c'est un jeu pour nous de résoudre des problèmes de cette sorte. Mais ici... »

Il fut interrompu par l'arrivée de David qui, contrairement à son habitude, paraissait assez soucieux. Maurelle lui en fit la remarque.

— De toutes petites imperfections dans le comportement du réacteur, qu'il faudra corriger à notre retour.

— Ne me dites pas qu'il s'agit d'un début de pollution.

— En aucune façon; mais cela semble vous désoler.

Le jeune homme lui expliqua la théorie qu'il venait d'exposer.

— Une réaction en chaîne, en quelque sorte, remarqua le physicien qui, à ses moments perdus, appréciait l'ironie.

— En chaîne, parfaitement, fit Maurelle, rêveur. C'est un phénomène qui se produit souvent, pas seulement au sein de vos réacteurs. Pour en revenir à celui du *Gargantua*?

— Il ne pollue pas, dit David, c'est un fait. Croyez que je le regrette pour vous. Mais si cela peut vous consoler, après cette première croisière, le navire devra retourner à quai pour y subir une nouvelle mise au point.

— Rien de grave?

— Non. Mais plusieurs petits défauts, que seule une longue croisière comme celle-ci permet de déceler.

— Et combien de temps durera cette mise au point? demanda le capitaine Müller, qui venait de les rejoindre dans le bar où ils conversaient.

Les deux hommes se levèrent pour le saluer. Il s'assit pesamment et commanda une consommation.

— Trois semaines au moins, peut-être un peu plus. Je sais, commandant, que vous serez pressé de repartir, mais rien ne peut se faire rapidement dans un réacteur, pas même de petits ajustements comme c'est le cas.

— Moi, je m'en moque. Ce sont les pontes de la

compagnie qui vont faire la grimace. Savez-vous la
perte que représente pour elle l'immobilisation d'un
navire comme celui-ci? Des millions par heure.

Le physicien fit un geste montrant combien il se
souciait peu de ces détails, quand il avait besoin de
temps pour amener son réacteur à la perfection
requise.

— Mme Bach comprendra, je le souhaite, qu'il
s'agit d'un prototype et que ces pertes seront récu-
pérées par la suite, quand il aura des successeurs.

— Espérons-le. En tout cas, mon équipage sera
ravi, vous pouvez en être certain. Quant à moi, je
vous le répète, je m'en moque. Quand ce sacré bateau
sera enfin convenablement rodé, j'ai l'intention de
prendre ma retraite.

Les épreuves qui inspiraient cette lassitude et ce
ton désabusé à Müller n'étaient pas terminées. Dès
l'entrée du canal, de nouvelles humiliations s'accu-
mulèrent. Le pilote qui monta à bord était au moins
aussi méfiant que les marins pêcheurs de l'Atlantique
et il avait pris des précautions qui mirent en rage le
capitaine.

— Vous l'avez vu avec le linge qu'il s'est enroulé
autour du visage et ses énormes lunettes! fulminait-il.
Pourquoi pas un masque à gaz? Que s'attend-il donc à
affronter chez nous? De l'ypérite?

Les manœuvres du passage du canal, délicates pour
un navire de la taille du *Gargantua*, occupèrent assez
Müller pour le distraire. Tout autre souci était chassé
par la pensée que, même à vide et même après l'approfondissement du chenal, *le Gargantua* avait par
endroits à peine un mètre d'eau sous sa quille, ce qui
le rendait particulièrement difficile à diriger à la
vitesse très réduite qu'il s'imposait. Tous les membres

de l'équipage étaient conscients de la délicatesse de la manœuvre, mais cela ne les empêchait pas de jeter de temps en temps un coup d'œil sur l'une et l'autre rive, pour constater qu'elles devenaient aussi désertes que l'avaient été la mer et les plages au fur et à mesure de la progression du *Léviathan*. Quelques voitures passant sur la route longeant le canal firent demi-tour pour éviter de le croiser ou de le dépasser. Une caravane de chameaux conduite par des Arabes s'enfuit dans le désert à son approche, tandis que les conducteurs tendaient le poing en direction du navire en criant des injures. Sans doute l'aspect insolite du géant, qui dominait la terre de ses quarante mètres de haut, avait-il épouvanté les animaux.

— Même les bêtes nous fuient, murmura Maurelle avec amertume.

Cependant, la traversée du canal achevée sans incident, le navire pénétra dans la mer Rouge et défila entre la double chaîne de montagnes arides aux reflets flamboyants. Un peu rasséréné, après avoir réussi une première difficile, Müller, dont l'uniforme blanc était trempé de sueur sous l'effet de la chaleur et de la tension nerveuse, consentit seulement à quitter la passerelle et à prendre un peu de repos, avant d'affronter les fonctionnaires arabes qui, sur la plate-forme de l'oléoduc, devaient contrôler le chargement du pétrolier.

Leur attitude fut semblable à celle du pilote du canal. On avait dû leur promettre une prime de danger considérable pour les décider à mettre le pied sur *le Léviathan*. Quand celui-ci fut ancré près de la plate-forme, l'oléoduc commença à dégorger des flots de liquide noir dans ses citernes et lentement, centimètre après centimètre, le monstre commença à s'enfoncer dans la mer. Tout l'équipage, la plupart des marins étant désœuvrés, suivit au fil des heures cette interminable plongée, que Maurelle, intéressé, comparait à l'immersion d'un sous-marin filmée au ralenti.

— Si seulement il pouvait paraître moins effrayant quand il aura perdu toute sa hauteur, soupira Müller.

— N'y comptez pas trop, commandant, dit Maurelle. Il ajoutera à la terreur qu'il inspire celle que répand un iceberg.

Maurelle avait raison. *Le Gargantua* à demi immergé n'en paraissait pas moins maléfique, c'était visible, aux yeux des Arabes qui restaient à bord pour communiquer par téléphone avec la station de pompage du littoral.

L'opération dura une trentaine d'heures, pendant lesquelles l'équipage resta inoccupé, accablé par la chaleur, sans avoir la possibilité d'aller à terre. D'ailleurs, aller à terre, pour quoi faire? Les rivages que frôlaient les pétroliers géants n'offraient aucune des distractions proposées dans les escales des cargos ordinaires. Ils étaient seulement ornés d'énormes réservoirs cylindriques, comme ceux que les marins du *Gargantua* pouvaient apercevoir au loin, étincelants sous un soleil implacable, l'ensemble baignant dans une odeur de pétrole qui parvenait jusqu'au navire et n'incitait pas à quitter la mer.

Le capitaine Müller, lui, ne se reposa guère pendant la durée du chargement. Il veillait personnellement à ce que fût évitée la moindre fausse manœuvre, comme l'ouverture intempestive d'une vanne, ou une erreur de compréhension entre *le Gargantua* et la station de pompage, arias assez fréquents au cours d'opérations de ce genre et risquant de se traduire par une décharge de pétrole dans la mer, ajoutant quelques tonnes à la marée noire que, périodiquement, malgré les précautions prises, les gros pétroliers répandent dans les flots.

Sur *le Gargantua*, il n'y eut pas une seule fausse manœuvre. L'avion, soupçonné par Maurelle d'appartenir à une organisation écologique, qui le survola à plusieurs reprises au cours du chargement, ne dut pouvoir prendre que des photos montrant seulement une mince pellicule irisée entourant la plate-forme et le navire : le suintement de quelques joints, éléments infinitésimaux en regard des six cent mille tonnes que le monstre géant était en train d'ingurgiter.

Quand il fut enfin lesté, son franc-bord réduit à l'extrême limite permise, quand ses citernes se furent enfoncées dans les flots, Maurelle sentit qu'il avait vu juste : *le Léviathan* paraissait encore plus redoutable, comme un iceberg qui eût dissimulé les neuf dixièmes de sa puissance infernale dans la mer. Les vannes fermées, les papiers indispensables signés, les fonctionnaires arabes le quittèrent avec précipitation et s'éloignèrent de toute la vitesse de leur vedette. Aussitôt, Müller donna l'ordre d'appareiller et *le Gargantua* alourdi se mit pesamment en marche vers l'Europe, via Le Cap. Une heure de retard coûtait cher à la compagnie et le capitaine se serait fait scrupule d'ajouter cette heure aux quelques semaines d'immobilisation forcée qui, selon David, seraient indispensables au retour.

— Un drôle de bâtiment, remarqua le capitaine Müller, alors que *le Gargantua* poursuivait sa route sur une mer plus calme, après avoir essuyé un assez gros temps le long des côtes de l'Afrique. Presque aussi sensible au vent qu'un voilier quand il est lège, et presque un sous-marin quand il est chargé. Je ne le comprends pas encore très bien. Il y a en lui quelque chose qui m'échappe.

— Son âme ne s'est pas encore complètement incarnée, dit David.

Müller le regarda de l'air perplexe que lui inspi-

raient certaines remarques du physicien. Puis il
haussa les épaules et admit :

— Tout de même, il ne s'est pas trop mal comporté
dans ces coups de tabac. Il commence à se roder, si
c'est ce que vous appelez acquérir une âme, monsieur
David. Et moi, je commence à m'habituer à lui. Je suis
sans doute le seul capitaine de la marine marchande
dans ce cas.

— Tous finiront par s'habituer à lui, commandant,
et par s'en approcher avec respect. Alors, vous ne
voudrez plus le quitter et vous ne parlerez plus de
prendre votre retraite.

— Nous verrons cela, marmonna Müller. Nous arri-
vons demain matin au petit jour. Dieu fasse que
l'atmosphère de la côte se soit un peu détendue.

Maurelle fit la moue et haussa imperceptiblement les
épaules.

— Je le souhaite au moins autant que vous, commandant, et je voudrais bien pouvoir entretenir cet
espoir, mais je dois vous enlever vos illusions. Tous
les rapports que j'ai reçus au cours du voyage sug-
gèrent que nous aurions tort de nous attendre à un
accueil chaleureux, au quai. Les esprits sont toujours
aussi montés.

— Les esprits changeront, affirma David sur un ton
prophétique.

— J'en doute. Pour modifier des esprits aveuglés à
ce point par la passion, il faudrait un miracle. Je ne
crois pas aux miracles.

— Moi non plus, hélas! conclut tristement le capitaine Müller.

VIII

Crispée sur sa béquille, sur le pont du petit cargo que son armateur avait accepté de faire participer à la manifestation, la boiteuse vivait toutes les péripéties de son rêve. Le cargo s'approchait du *Gargantua*, à la tête d'une flotte innombrable. Elle était encadrée par le professeur Havard et par quelques autres personnalités scientifiques, qui arboraient des décorations et des insignes universitaires. Derrière elle, les fidèles de son état-major brandissaient un des étendards de la révolte écologique. Sur la mer, calme aujourd'hui, une flotte d'embarcations disparates entouraient maintenant *le Léviathan*.

La surprise avait été totale à bord du pétrolier. Au petit jour, il avait déjà considérablement ralenti son allure pour s'approcher de la plate-forme de l'oléoduc, où il devait décharger sa cargaison. Un navire de sa taille avait besoin d'une demi-heure et d'une distance d'environ cinq miles marins pour casser son erre. Sa vitesse était très faible quand l'officier de quart avait signalé une, puis deux, puis plusieurs embarcations croisant dans les parages. Une très légère brume, vite dissipée, avait favorisé l'embuscade des contestataires.

L'officier de quart avait d'abord pensé qu'il s'agissait d'une flottille de pêcheurs, concentrée sur un banc de poissons, ce qui n'avait rien d'extraordinaire auprès des côtes. D'abord étonné, puis joyeux de voir que pour une fois ces bateaux ne s'enfuyaient pas à l'approche de son navire, le capitaine Müller avait donné l'ordre de ralentir encore, en constatant que certains se trouvaient sur sa route. La brume dissipée et le jour commençant à éclairer la mer d'une teinte grise, il s'aperçut avec stupeur de l'importance de l'armada qui l'entourait, formant une ceinture qui se resserrait peu à peu.

— Bon Dieu, monsieur Maurelle, dit-il au jeune homme qui l'avait rejoint sur la passerelle, avez-vous une idée de ce que cela signifie?

Il ne pouvait en croire ses yeux. Cela lui rappelait des images vues au cinéma du débarquement en Normandie. Maurelle, sa première stupéfaction passée, était devenu sérieux.

— Ces gens ne se sont pas rassemblés là pour nous faire fête, commandant, soyez-en certain. Chacun de ces bateaux arbore des banderoles, dont je devine trop bien la signification.

Bientôt, ils purent lire les slogans à l'aide de jumelles et constater qu'ils avaient en effet à affronter des ennemis.

— Si nous pouvions encore avoir le moindre doute, s'écria Maurelle, la boiteuse est là, sur le pont de ce cargo. C'est elle, courbée sur sa béquille; impossible de s'y méprendre.

— A côté de cet imbécile de Havard, dit David qui les avait rejoints. Je le reconnais aussi.

— On peut s'attendre à n'importe quelle folie de la part de ces enragés, commandant. Voilà la raison de leur longue passivité. Ils préparaient un grand coup dans l'ombre. Oh! je suis coupable. Je redoutais une action violente à quai; je n'avais pas prévu qu'ils viendraient nous assaillir sur la mer. Et nous n'avons rien ici ou presque rien pour nous défendre.

Müller avait déjà donné des ordres pour que sa situation fût signalée à terre. Le danger de cet affrontement soudain avait secoué sa mélancolie. Après avoir évalué d'un coup d'œil l'importance de la flotte qui l'assiégeait, il décida que la fuite était impraticable. Vers la terre, c'était impossible, à cause du manque de profondeur. Le pétrolier chargé naviguait déjà à la limite de sécurité. Vers le large, la ceinture était trop épaisse; les maillons de la chaîne, trop serrés. Il eût fallu foncer sur plusieurs rangs de bateaux, maintenant presque bord à bord. Il ne pourrait s'échapper qu'en en coulant au moins cinq ou six. Et alors? Il entendait déjà le tollé qui s'ensuivrait dans la France entière et les atouts que cela apporterait aux écologistes, surtout s'il ne s'agissait que d'une manifestation de huées, comme David persistait encore à le croire et comme les contestataires ne manqueraient pas de le déclarer après coup.

Mais il devenait clair qu'il ne s'agissait pas d'une simple démonstration pacifique. Le cercle se rétrécissait de plus en plus autour du *Gargantua*, qui progressait maintenant moins vite qu'un homme au pas. On pouvait distinguer les adversaires à l'œil nu, mesurer l'agitation qui régnait parmi eux et entendre les cris et les hurlements qui, couvrant le bruit de la mer, saluaient l'hallali proche.

Toujours porté par instinct à mettre en relief l'aspect pittoresque des événements, sans doute pour oublier leurs conséquences fâcheuses, peut-être tragiques, Maurelle parvint un moment à apaiser son inquiétude en observant avec attention les comportements divers des assaillants et en se forçant à les détailler. L'attitude tendue et résolue de la boiteuse ne l'étonnait pas. Elle était telle qu'il l'imaginait : impitoyable. Le professeur Havard et les autres personnalités faisaient visiblement des efforts pour conserver leur calme et leur dignité, sans parvenir à dissimuler un peu d'effarement devant le spectacle insolite qu'offrait la mer autour d'eux.

Autour du cargo, ayant fort à faire pour amener leur embarcation au plus près du *Gargantua* sans se faire heurter par lui, car la moindre chiquenaude du mastodonte, même presque arrêté, pouvait leur être fatale, Maurelle reconnut des marins pêcheurs de la côte. Il discerna chez eux une certaine hésitation à reprendre en chœur les slogans que les meneurs de jeu leur hurlaient aux oreilles. Timidité, ou bien le fait d'être trop absorbés par la conduite de leur bateau, la plupart remuaient seulement les lèvres, tout en manœuvrant leur gouvernail.

— Ceux-ci ne sont pas dangereux, murmura David, qui suivait le regard de Maurelle.

— Ils ne le seraient guère s'ils étaient seuls.

— Ceux-là ne le sont pas davantage.

Ceux-là étaient des villageois de l'arrière-pays, petits cultivateurs pour la plupart. La boiteuse les avait mobilisés pour faire nombre, estimant aussi que leur présence renforcerait l'honorabilité apparente de sa démonstration. C'étaient les plus doux et les plus ingénus des écologistes. Travaillés par la propagande, sincèrement persuadés que la pollution répandue par le navire parviendrait un jour ou l'autre jusqu'à leur champ de betteraves, ils avaient estimé que leur présence était un devoir auquel un bon citoyen ne doit pas se dérober, pas plus que d'aller glisser un bulletin de vote dans une urne un jour d'élection. Ils scandaient, eux, sagement et avec mesure, les slogans dictés par les agités, sans pour cela mener grand tapage.

Maurelle en remarqua d'autres qu'on aurait pu s'étonner de voir participer à une manifestation de ce genre et qui, à ses yeux résignés, donnaient la mesure de l'impopularité du pétrolier nucléaire dans toutes les classes de la société : des amicales sportives, beaucoup de sociétés de gymnastique, venues d'un peu toutes les régions de France, avaient rallié le mouvement. Leurs membres étaient prêts à en découdre pour faire triompher l'écologie. Certains arboraient une sorte d'uniforme, où dominaient le pantalon et le tricot blanc; d'autres portaient un survêtement bleu. Tous s'étaient embarqués par petits groupes à bord des bateaux que la boiteuse avait réussi à rassembler et apportaient à la démonstration leur jeunesse, leur discipline et leur conviction.

— En voici d'autres bien plus dangereux, commandant, dit Maurelle. Regardez cette première ligne, autour du vaisseau amiral, je veux dire autour du cargo de la boiteuse.

Müller approuva d'un geste. Il avait déjà repéré ceux qui se tenaient entassés dans des vedettes encadrant le cargo. Leur attitude décidée et menaçante, certains paquets dont ils achevaient de se charger lui paraissaient de mauvais augure. Ils ressemblaient à un commando n'attendant qu'un signal pour passer à l'action, ce qu'ils étaient en effet. Le capitaine avait donné des ordres pour faire distribuer les quelques armes du *Gargantua* à un petit groupe de matelots, qui constituait le service de sécurité. Faible défense dans le cas présent, il s'en rendait compte. Ce service n'avait été prévu en mer que pour effrayer quelques malveillants isolés, non pour repousser l'attaque d'envergure qui semblait se préparer. Quelques blessés, peut-être, parmi les premiers assaillants, ne feraient qu'exciter davantage les autres.

Le Gargantua maintenant immobile ressemblait à un énorme cétacé prisonnier d'une flotte de baleiniers prêts à lui porter le coup fatal. La boiteuse tourna la tête à droite et à gauche pour observer ses troupes de

choc. Ce geste lui fut pénible, car la fatigue des dernières semaines et l'émotion influaient sur son état
de santé. Maurelle se sentit soudain une haine féroce
pour cet être difforme, qui lui apparaissait en cet
instant comme le génie du Mal, acharné à saboter
toutes les entreprises humaines. Il eut un moment
d'égarement qui n'était guère dans son caractère. Il
s'empara d'un fusil que portait un homme du service
de sécurité se rendant à son poste et l'épaula. David
se jeta sur lui et lui arracha l'arme.

— Vous êtes fou. Cela ne servirait à rien.

— Seulement à empirer les choses, approuva le
capitaine Müller, qui avait, lui, conservé son sang-
froid et donné pour consigne qu'aucun coup de feu
ne fût tiré sans son ordre.

Il regarda du côté de la terre. Une seule embarcation s'était détachée de la côte et se dirigeait vers
le Gargantua : un simple canot de sauvetage, en apparence, avec peut-être cinq ou six hommes à bord.

— Si ce sont là tous les renforts qu'ils nous
envoient, il ne faut compter que sur nous-mêmes,
maugréa le capitaine.

— Ils n'arriveront même pas jusqu'à nous, murmura Maurelle.

Le canot fut en effet arrêté par le barrage qui encer-
clait le pétrolier, et ses occupants faits prisonniers
par des pêcheurs, rendus furieux, semblait-il, par cette
intervention.

— J'aurais dû alerter la marine de guerre, se lamen-
tait Maurelle.

David contemplait toutes ces scènes avec une impas-
sibilité qui commençait à mettre les nerfs de son ami à
l'épreuve.

— Vous croyez toujours que cela finira bien et que
tout est pour le mieux dans le meilleur des mondes?

— Je pense que nous avons affaire à un petit groupe
d'agités.

— Mais qui entraîneront les autres.

— Ce n'est pas sûr. Les autres, il doit y avoir un moyen de les convaincre. Il suffirait de trouver les mots.

— Je vous remercie, dit Maurelle avec amertume. Tout cela est ma faute. Je n'ai pas su trouver les mots.

— Je sais que vous avez fait tout votre possible, mais il fallait sans doute aborder le problème de plus haut.

— Et développer les thèmes du père Teilhard, éclata Maurelle, furieux. Ce que je regrette, moi, c'est de ne pas avoir prévu la présence d'un croiseur et de deux ou trois torpilleurs. Ne voyez-vous pas que nous risquons d'être massacrés?

Cela se gâtait en effet. Les émeutiers, maintenant tout proches, poussaient des clameurs furieuses. Il apparaissait évident, à des bosses de leur blouson, que certains portaient des armes.

— Puis-je essayer de leur parler? demanda David au capitaine.

— Si vous voulez, mais vous ne pourrez pas vous faire entendre.

Müller le regarda un instant s'époumoner dans un porte-voix, puis, haussant les épaules, il s'adressa à Guillaume, qui était monté sur la passerelle, attiré par le tumulte, et lui donna à voix basse des instructions précipitées. Le visage de l'officier mécanicien s'éclaircit.

— Bien, commandant, dit-il. Dans trois minutes, nous serons prêts.

Comme il était prévisible, David ne parvenait pas à se faire entendre. Une sorte de fureur hystérique semblait avoir gagné l'ensemble des assaillants. Même les dignes villageois haussaient le ton, grisés par les hurlements des meneurs. Les cris que poussaient ceux-ci n'avaient plus rien à voir avec les slogans habituels. Ils appelaient au meurtre et à la destruction. Sur-

excités eux aussi par ces vociférations, les pêcheurs
de la côte tendaient le poing vers *le Léviathan* et,
entre deux manœuvres, leur faisaient écho.

Le cargo de la boiteuse était maintenant parvenu
à quelques mètres du pétrolier. Tous les regards
étaient tournés vers elle, qui n'avait pas bougé depuis
le début de l'affaire. L'instant était venu. Les yeux
brillants, elle fit le geste convenu, en levant très haut
sa béquille. Ce mouvement faillit la déséquilibrer. Elle
chancela et dut se raccrocher à un de ses voisins pour
ne pas tomber. A ce signal, les vedettes des émeutiers
de choc se précipitèrent vers le navire et commencèrent l'abordage. Les marins armés regardaient le
capitaine.

— Ne tirez pas!

Il donna un ordre bref dans un téléphone. Aussitôt,
jaillissant semblait-il de tous les points du navire, des
gerbes d'eau balayèrent à la fois le pont inférieur,
le dessus des citernes où certains émeutiers avaient
déjà pris pied et les vedettes les plus proches. Les jets
étaient si puissants que leur impact sur les tôles et
sur la mer, semblable à celui d'un violent orage, couvrit
les hurlements des assaillants.

C'était le résultat des instructions données à Guillaume. Houspillés par lui, les marins avaient exécuté
la manœuvre avec un ordre et une rapidité qui témoignaient de leur entraînement au cours de multiples
exercices d'alerte contre l'incendie. L'eau ne manque
pas sur un pétrolier nucléaire. Les pompes de circu-
lation, qui puisent l'eau de mer pour le refroidisse-
ment des condenseurs, assurent un puissant circuit
continu, avec une source inépuisable.

— Ils vérifieront eux-mêmes que cette eau n'est pas
bouillante, comme certains l'ont affirmé, murmura
Müller avec une sombre ironie. Moins dangereux en
tout cas que des rafales de mitraillette.

— Moins dangereux et plus efficace aussi, remarqua David, qui observait les assaillants avec un intérêt soutenu. Regardez-les.

Ceux-ci paraissaient en effet désemparés par ce genre de riposte. Certains des marins pêcheurs paraissaient même terrifiés. Des combattants de première ligne, qui prenaient pied sur le navire, étaient balayés et retombaient dans leur embarcation. D'autres, accrochés à un bastingage, recevant la douche de plein fouet, lâchaient prise et étaient précipités à la mer, comme des mouches sous le jet d'un puissant insecticide. Des bateaux faisaient précipitamment marche arrière. Maurelle, qui avait repris son sang-froid et observait lui aussi ce spectacle avec attention, ne put se défendre de l'impression que le cétacé géant, excédé par une légion de nains qui le harcelaient, se débarrassait d'un seul coup de ses agresseurs en soufflant des trombes d'eau par une multitude d'évents.

— Je ne les aurais pas crus enclins à un tel affolement, remarqua-t-il. Des hommes de cette sorte sont en général plus résolus et ne reculent pas devant une douche.

— Mais vous ne comprenez pas! s'écria David. Ils ne craignent pas une douche en général. C'est *notre* eau qui les terrorise, l'eau prétendue empoisonnée, l'eau infecte que rejette leur *Léviathan*. C'est cette terreur superstitieuse qui est en train de nous sauver.

IX

David ne se trompait pas. Tous en furent convaincus en entendant quelques exclamations poussées par les manifestants. La perspective d'être contaminés par une eau jaillie des entrailles du *Léviathan*, cette eau dont tous les slogans dénonçaient le caractère diabolique, exerçait sur eux une terreur intense, n'ayant aucun rapport avec la crainte d'une simple douche. Des marins pêcheurs qui n'avaient même pas été effleurés manœuvraient précipitamment leur embarcation pour éviter un contact odieux.

Les abords immédiats du *Gargantua* étaient maintenant presque complètement dégagés. Quelques rares assaillants, parmi les plus résolus, tentaient en vain d'inciter les pêcheurs à revenir à l'abordage. Ceux-ci refusaient de leur obéir et maintenaient leur bateau hors de portée des jets d'eau. Les voix qui scandaient les slogans se faisaient de plus en plus faibles. Le capitaine Müller se frotta les mains.

— Nous gagnons, dit-il. Je parie qu'ils n'oseront plus renouveler leur attaque.

— J'avais toujours dit, remarqua David, que toute innovation importante, pernicieuse en apparence, contenait en elle son contrepoison.

— Ce n'est guère l'heure de philosopher, protesta Maurelle.

— Oh non! s'écria David après un court silence, non, vous avez raison. Ce n'est certes pas l'heure de philosopher.

Maurelle tressaillit. Le physicien avait parlé d'une voix bizarre, paraissant trahir une violente émotion, qui contrastait avec son calme habituel.

— Regardez, poursuivit David avec une exaltation croissante. Ils ne s'enfuient pas tous. Oh non! Terrorisés, paralysés par la peur de l'eau, ai-je dit? Allons donc! L'un d'eux est resté sur place; une, plutôt. Et elle en redemande; elle ne donnerait pas sa place pour un empire. Mais regardez donc, Maurelle, regardez, commandant, et dites-moi si je deviens fou ou bien si vous la voyez comme je la vois!

— Je la vois, je la vois! s'écria à son tour Maurelle, sur le même ton passionné. Je la vois et je suis sûr, moi, que je ne suis pas fou.

— Je pressentais qu'il se produirait un jour quelque intervention de ce genre, mais jamais je n'aurais osé espérer cela.

Le capitaine Müller, qui s'était un peu écarté pour donner des instructions à un de ses officiers, sursauta en entendant ces accents, qui paraissaient émaner d'êtres en proie au délire. Son interlocuteur lui cachait le spectacle qui semblait émouvoir si fort les deux amis et qu'ils montraient d'un doigt tremblant. Tandis qu'il se déplaçait de quelques pas pour apercevoir la cause de cette exaltation, il prit conscience d'un changement subit dans l'atmosphère qui entourait le navire. Ce phénomène lui parut si troublant, si étrange, qu'il lui accorda quelques secondes d'attention avant même de découvrir le point de mire de tous les regards. Un

silence empreint de religiosité avait succédé au sabbat
des slogans et des vociférations. Dans toutes les embarcations, marins et passagers s'étaient immobilisés,
interdits par la même vision qui provoquait les exclamations de Maurelle et de David. Sur les ponts et les
citernes du pétrolier, les matelots qui braquaient les
lances d'incendie restaient eux aussi comme pétrifiés,
tandis que les jets d'eau irréfléchis arrosaient la mer
au petit bonheur. Müller eut l'impression absurde
que le *Gargantua* lui-même retenait son souffle.

Il découvrit enfin l'objet de cette sorte d'enchante-
ment. Mais si, dans sa longue carrière de marin, il lui
était arrivé de vivre des événements insolites et s'il
avait pris l'habitude de ne pas trop s'en émouvoir,
l'expérience lui ayant enseigné qu'ils s'expliquaient
toujours le plus naturellement du monde, il partagea
cette fois l'envoûtement que subissaient les témoins
de celui-ci, et il lui fallut une longue minute pour s'en
remettre et être en mesure d'en apprécier l'extravagance.

La boiteuse, encore ruisselante de la douche qu'elle
avait reçue de plein fouet, était restée sur le pont du
cargo. Sous le choc, elle avait laissé échapper sa
béquille, mais ne paraissait souffrir en aucune façon
de ce manque d'appui. Au contraire, son corps noué
s'était détendu; sa hanche difforme, redressée. Elle
avait grandi de plusieurs centimètres et se tenait là,
très droite, immobile, une lueur d'extase dans la prunelle, seule sur le pont, ses compagnons ayant cherché
dans les flancs du cargo un refuge contre le déluge.

Elle bougea enfin. En l'absence de toute manœuvre
de son équipage stupéfait, le cargo se balançait mol-
lement contre le *Gargantua*, son pont surplombant de
peu le dessus des citernes. Elle marcha vers la balus-
trade, d'un pas où ne se décelait plus la moindre clau-
dication, l'enjamba et sauta d'un élan souple sur la
tôle grise. Elle courut vers une des lances d'incendie

qu'un des pompiers improvisés avait laissé choir dans sa stupeur et qui déversait un torrent d'eau. Elle se baissa avec la même miraculeuse agilité, la ramassa et en dirigea le jet sur sa hanche redressée, sur ses jambes, sur sa poitrine. Elle supporta sans vaciller la violence de cette cataracte, apparut comme une forme surnaturelle émergeant d'un tourbillon d'écume, que dominait sa face transfigurée, le regard maintenant fixé vers le sommet du réacteur, ses yeux reflétant l'adoration d'une miraculée qui perçoit des signes invisibles au reste des mortels.

Un frémissement parcourut la foule des manifestants, qui n'avaient pas perdu un seul de ses gestes. Les émeutiers de choc restaient pantois et indécis. David observait maintenant d'un œil féroce et triomphant l'attitude piteuse du professeur Havard. Celui-ci, remonté sur le pont du cargo depuis quelques instants, attiré par la rumeur aussitôt propagée dans tout le navire qu'un événement prodigieux venait de se produire, paraissait l'image même de la déroute, avec ses vêtements en désordre et son visage sur lequel l'eau ruisselait encore comme des larmes de rage.

— Je l'avais dit que cela se terminerait bien, murmura David.

Maurelle ne protesta plus. David avait raison. Sans écouter les protestations de plus en plus timides de quelques rares fanatiques, les marins pêcheurs s'écartaient maintenant du *Gargantua*, laissant le pétrolier triomphant se balancer majestueusement sur les flots, et le cercle élargi qu'ils formaient encore était comme une auréole de gloire tissée autour d'un temple sacré, où seuls le respect et la vénération nés en quelques secondes retenaient des acclamations et des hourras prêts à jaillir. Peu à peu, les villageois endimanchés s'étaient découverts. Sur le pont d'un petit chalutier, une femme s'agenouilla.

DEUXIÈME PARTIE

I

Le pétrolier déchargé retrouva sa stature de titan, à laquelle semblait s'attacher maintenant une personnalité nouvelle, émettant un rayonnement subtil jusqu'alors insoupçonné. Il fut amarré au quai devant une foule de curieux, qui se posaient des questions et dont la perplexité se traduisait par un silence respectueux.

Comme David l'avait prévu, Mme Bach admit cette immobilisation forcée d'un prototype sans commentaires désobligeants, malgré la perte qu'elle faisait subir à la compagnie. Elle était là le lendemain de son arrivée, pour voir par elle-même l'importance des ajustements au réacteur jugés indispensables par le physicien et reprendre un contact direct qu'elle aimait avoir avec tous ceux qui dépendaient d'elle. Elle désirait aussi faire le point des derniers événements avec son secrétaire et apprécier la nouvelle image de marque qu'ils paraissaient devoir imprimer au *Gargantua*.

A Maurelle, qui l'accueillit à sa descente d'avion, elle trouva une mine épanouie et lui en fit compliment.

— Je suis heureuse de vous voir dans cette forme, mon petit Maurelle. L'air de la mer, sans doute?

— Je crois, madame, que le moral y est pour beaucoup.

Mme Bach hocha la tête. Durant le trajet en voiture, elle se fit raconter par le menu l'événement qu'elle connaissait déjà et resta songeuse et silencieuse pendant un très long moment.

— J'oubliais de vous dire, madame, dit Maurelle, que l'évêque du diocèse, ayant appris votre visite, a sollicité la faveur d'un entretien avec vous.

— Il a sollicité la *faveur?* souligna Mme Bach, en le regardant dans les yeux.

— La faveur et aussi l'honneur, madame, fit Maurelle avec un sourire. A la réflexion, cela n'a sans doute rien d'extraordinaire. Une simple visite de courtoisie.

— *De courtoisie,* insista encore Mme la présidente.

— Je lui avais fait moi-même une visite autrefois. Il tient à rendre la politesse. C'est naturel.

— Tout à fait naturel.

— Et puis, il est normal qu'il désire vous remercier des dons que la compagnie a faits à plusieurs de ses paroisses. C'est peut-être là le principal motif de sa requête.

— Ouais! fut la seule réponse de Mme Bach.

Elle sourit à son tour et ils échangèrent un regard ambigu, pouvant être interprété comme celui de compères qui ne croient pas un mot des paroles qu'ils viennent de prononcer. Le caractère enjoué de Maurelle avait repris le dessus depuis l'arrivée. Dès son accueil sur le pétrolier, Mme Bach remarqua aussi que le capitaine Müller et tous les marins avaient changé de visage. L'atmosphère semblait avoir subi une miraculeuse métamorphose. David arborait le sourire triomphant d'un prophète dont toutes les prédictions se seraient réalisées.

Elle avait décidé de loger sur le navire même pen-

dant son séjour, dans l'appartement réservé à l'armateur. C'est là qu'elle proposa de recevoir l'évêque, dès
le lendemain.

— A moins qu'il ne préfère un autre lieu, dit-elle à
son secrétaire, en le priant de transmettre l'invitation.

— Soyez tranquille, madame. Je ne pense pas qu'il
ait la moindre velléité de contrarier vos intentions. Je
suis certain que *le Gargantua* lui conviendra parfaitement.

L'entretien durait depuis un quart d'heure, face à la
mer. Maurelle, qui y assistait après avoir amené le
prélat, ainsi que le capitaine Müller, commençait à
croire qu'il avait imaginé à tort quelque arrière-
pensée chez le visiteur. Celui-ci s'était enquis du dérou-
lement du premier voyage. Comme prévu, il avait
ensuite présenté des remerciements pour les dons faits
aux paroisses de son diocèse. Il enchaînait maintenant en souhaitant que les relations entre les armateurs, l'équipage du pétrolier et les paroissiens des
environs fussent toujours excellentes. Remarquant un
geste assez brusque de Mme Bach et une ébauche de
sourire chez Maurelle, il s'empressa d'ajouter :

— Je n'ignore pas qu'il y a eu des malentendus dans
le passé. Quelques bonnes gens de chez nous, de vieux
pêcheurs routiniers pour la plupart, voyaient d'un
mauvais œil la masse énorme de votre navire sillonner la mer, qu'ils considèrent un peu comme leur
domaine. Certains sont toujours effrayés par des inno-
vations audacieuses. D'autres, par naïveté ou par fai-
blesse, prêtent l'oreille aux propos de mauvais prê-
cheurs. Je tenais à vous assurer moi-même, madame
la présidente et vous, commandant, que l'Eglise d'aujourd'hui n'est pas rétrograde et qu'une entreprise
pouvant contribuer au progrès, comme la vôtre, sera
toujours accueillie par elle avec faveur.

L'œil de Mme Bach brilla d'un éclat singulier et elle échangea encore un regard chargé de sous-entendus avec son secrétaire. La mimique n'échappa pas au prélat, qui se hâta encore d'expliquer :

— Il est naturel, madame la présidente, que nous n'ayons pas tenu à montrer trop de solidarité avec vous dans les débuts, cela dans votre intérêt même. Vous n'ignorez pas que nous avons des ennemis communs. Si nous avions pris d'emblée votre parti, ils n'auraient pas manqué de voir là et de dénoncer une alliance pour eux classique entre l'Eglise et les puissances...

Maurelle ne put s'empêcher de l'interrompre.

— A propos, Monseigneur, le jour de la fameuse manifestation qui marqua notre retour, me suis-je trompé en reconnaissant les curés de deux villages voisins sur le pont d'une des embarcations qui nous entouraient, avec semblait-il, excusez-moi, Monseigneur, des intentions visiblement assez peu catholiques?

L'évêque ne se troubla pas et sourit.

— Vous ne vous êtes pas trompé, monsieur Maurelle. Croyez que je le regrette, car j'ai toujours désapprouvé leur attitude outrancière. Je suis venu aussi pour vous présenter mes excuses à propos de ce comportement déplacé.

— Je vous en prie, Monseigneur, protesta poliment Mme Bach.

— Mes excuses et les leurs, insista l'évêque, car ils regrettent maintenant cette conduite inconsidérée.

— Ils regrettent *maintenant*, appuya Mme Bach.

Son ton était toujours celui d'une politesse exquise, mais Maurelle remarqua le nouvel éclat furtif qui avait illuminé sa prunelle. Il pensa en cet instant que sa patronne pouvait être capable en certaines circonstances d'une singulière cruauté, ce qu'il avait toujours soupçonné. L'évêque parut un instant décontenancé par cette remarque, mais rien ne pouvait altérer ses dispositions amicales et il prit le parti de sourire encore.

— Je voulais simplement dire que, maintenant, ils ont constaté par eux-mêmes, comme leurs paroissiens, que *le Gargantua* ne nuit à personne.

— Il ne nuit à personne, répéta Maurelle qui, encouragé par la brillance du regard de Mme Bach, commençait à se sentir en verve. Après son passage, la mer ne dégage pas de vapeurs empoisonnées. On n'a encore jamais remarqué de poissons le ventre en l'air dans son sillage. Nous avions fourni d'excellentes raisons de croire que tout se passerait ainsi. Et non seulement, personne n'a été lésé, mais...

— J'ai toujours été convaincu moi-même, interrompit à son tour l'évêque avec une certaine précipitation, qu'il ne présentait aucun danger. Mais certains, comme Thomas, veulent voir de leurs propres yeux.

— Et ils ont vu? demanda Mme Bach avec le même accent de politesse raffinée.

— Ils ont vu. Ils sont convaincus. Je pense qu'il n'y a plus aucune raison pour que nous n'entretenions pas d'excellentes relations.

— Cela a toujours été mon plus cher souhait, Monseigneur, intervint le capitaine Müller, qui se réjouissait plus que tout autre de ce changement d'attitude et qui craignait que l'esprit caustique de Maurelle ne vînt souffler sur ces bonnes dispositions.

— Pour ma part, j'userai de toute mon influence pour que la population chrétienne rende votre séjour le plus agréable possible chaque fois que vous reviendrez au port. Et même...

Le prélat marqua une pause, paraissant réfléchir.

— Même? demanda Mme Bach.

Il reprit après un instant, s'adressant à Müller, comme si celui-ci était le mieux à même d'apprécier sa proposition :

— Commandant, il m'est venu tout à coup une idée
dont je veux vous faire part, une idée qui, je le crois,
ne peut que rehausser votre navire aux yeux de notre
population chrétienne.

— Je suis certaine que c'est une très bonne idée,
dit Mme Bach. Voyons-la.

— Voici, madame la présidente. Autrefois toujours
(aujourd'hui d'ailleurs encore souvent), le lancement
d'un bateau s'accompagnait d'une cérémonie religieuse. Je sais que beaucoup, dans nos paroisses atta-
chées aux traditions, regrettent que *le Gargantua* n'ait
pas été ainsi célébré. Mais peut-être n'est-il pas trop
tard pour rattraper cette omission?

Il s'interrompit encore pour guetter les réactions de
ses interlocuteurs avec une sorte de curiosité inquiète.
Müller paraissait prêt à remercier; mais l'évêque ne
put ignorer que Maurelle, après un nouvel échange de
coups d'œil avec sa patronne, dissimulait mal une
envie de rire. Il n'hésita pas à prendre la chose du
bon côté, sourit encore et ajouta :

— Une bénédiction très simple. Mais si mon idée
vous déplaît, n'en parlons plus et restons bons amis.

Maurelle, qui avait repris son sérieux, jugea qu'il
avait en face de lui un homme très fin et fit preuve de
bonne grâce.

— En tout cas, cela ne peut pas faire de mal, remarqua-t-il.

— C'est ce que j'allais dire, cher monsieur. Cela ne
peut pas faire de mal. J'ajouterais que cela peut faire
beaucoup de bien aux yeux des croyants.

Mme Bach paraissait songeuse et le prélat la regardait en silence, paraissant attendre sa décision avec
une certaine anxiété.

— Je vais y réfléchir, Monseigneur, dit-elle enfin.
Je peux déjà vous répondre que, pour ma part, je ne
vois pas d'inconvénient à cette initiative et je suis
sûre que le capitaine Müller l'approuverait. Mais je

dois tenir compte de l'avis de mon conseil, dont tous
les membres ne sont pas, hélas! des croyants. Je pense
toutefois qu'il ne me sera pas très difficile de les
convaincre.

— Je vous comprends parfaitement, madame la
présidente, dit le prélat en s'inclinant, et je vous
remercie de tout mon cœur de bien vouloir plaider la
cause des croyants.

Après quelques autres échanges de politesses sub-
tiles, il semblait que l'entretien dût se terminer. L'évêque faisait mine de se lever pour prendre congé, quand
Maurelle, n'y pouvant plus tenir, demanda d'un air
faussement indifférent :

— A propos, Monseigneur, avez-vous des nouvelles
de la boiteuse?

II

Le prélat eut un geste de contrariété, vite réprimé.
— La boiteuse?
— Monseigneur, vous ne pouvez ignorer cette personnalité régionale, qui est en train de devenir une célébrité mondiale. La presse ne parle que d'elle et la télévision va lui consacrer une émission entière.
— Je ne l'ignore pas, répondit doucement l'évêque.
Il se carra dans le fauteuil qu'il allait quitter, résigné à aborder un sujet qu'il eût préféré éviter.
— Et l'événement qui lui a valu cette notoriété, renchérit Mme Bach, est assez singulier.
— Je ne l'ignore pas non plus. C'est en effet un événement étrange.
— Très étrange, Monseigneur, insista Maurelle. Elle était infirme; elle ne l'est plus. Elle a été guérie tout d'un coup, j'allais dire miraculeusement.
— Miraculeusement, monsieur Maurelle, est un bien grand mot, que je ne me sens pas encore en droit de prononcer. Mais nous sommes obligés de reconnaître un fait, qui a eu pour témoin une multitude. Elle sem-

ble avoir été guérie dans des circonstances que la science n'explique pas.

— Au moment même où elle était aspergée par cette eau qu'on nous reprochait d'empoisonner. Certains nous soupçonnaient même d'avoir fait un pacte avec le Diable.

L'évêque eut un geste de protestation polie, puis répondit à la première question.

— J'ai eu de ses nouvelles par le curé de sa paroisse, qui lui a rendu visite. Je me réserve de le faire moi-même, car je trouve que c'est un cas important.

— Et qui a produit une profonde impression dans le peuple des croyants, susurra Mme Bach.

— Je vous l'accorde. L'entretien avec le curé n'a pas donné d'éclaircissements. Elle s'est soudain sentie une autre personne, elle ne sait rien de plus que nous. J'ajoute que cette métamorphose est aussi bien morale que physique, car elle a accueilli cette visite avec bienveillance, elle qui nous était farouchement hostile auparavant.

— Un deuxième bienfait, sinon un miracle, encore provoqué directement ou non par notre eau, insista Maurelle.

— C'est une façon d'envisager l'événement. Il doit y en avoir d'autres. J'ai fait aussi interroger le médecin qui l'avait soignée autrefois.

— Je me suis livré à la même enquête. Je suppose, Monseigneur, que le résultat est identique. Il considère que le mal de la boiteuse était incurable.

— Incurable, c'est ce qu'il m'a affirmé. Malheureusement, il n'a pas conservé ses anciennes radios, qu'on ne peut donc comparer à celles qui viennent d'être faites.

— Lesquelles montrent une ossature parfaitement normale et saine, je le sais aussi.

— Et c'est dommage. Sans cela, nous aurions la preuve matérielle, indiscutable...

— D'un miracle, Monseigneur?

Le prélat ne fit aucune réponse, secoua la tête d'un air perplexe et se leva pour prendre congé.

Mme Bach tint à se joindre au capitaine Müller et à Maurelle pour raccompagner l'évêque à sa voiture, où un chauffeur l'attendait. Avant de s'éloigner du quai, le prélat s'arrêta et contempla le navire d'un air songeur. Maurelle le crut impressionné par l'immense silhouette, dont l'ombre déformée par des vaguelettes s'étendait loin sur la mer.

— Regardez le château et le réacteur, Monseigneur, remarqua Maurelle. Des tours de cathédrale. La comparaison qui s'est imposée à moi, un soir, au crépuscule.

L'évêque ne répondit pas. En fait, son attention n'était pas attirée par le navire mais par un homme isolé qui, à quelque distance, se livrait à un singulier manège, lançant à la mer une bouteille qu'il retenait au moyen d'une longue ficelle. Mme Bach, qui l'avait également remarqué, paraissait aussi intriguée. Mais Maurelle, que la visite du prélat avait décidément mis en joie, détourna leur attention et la ramena sur le pétrolier.

— Un peu d'eau bénite, une croix au sommet, peut-être, et voilà évanouie l'odeur de soufre qu'il répandait autrefois.

— Ne plaisantez pas avec les choses saintes, murmura doucement l'évêque, en reprenant sa marche vers sa voiture.

— Je ne plaisante pas, Monseigneur, j'aurais simplement voulu vous conter une anecdote que je viens de lire dans un livre d'histoire.

— Une anecdote? dit Mme Bach en les rejoignant. Vous allez sans doute ennuyer Monseigneur.

Elle avait parlé sur un ton assez distrait, se retournant pour observer de nouveau l'homme à la bouteille et paraissant prendre un intérêt soutenu à son comportement.

— J'apprécie les anecdotes quand elles sont de bon goût.

— C'est presque une parabole, Monseigneur. Il s'agit de menhirs et de dolmens. Au Moyen Age, beaucoup de ces monuments païens étaient un puissant pôle d'attraction pour les foules. Des malades, des éclopés s'y rendaient en pèlerinage dans l'espoir d'une guérison miraculeuse. Des femmes stériles venaient frotter leur flanc contre la pierre pour obtenir d'une divinité inconnue la grâce de concevoir, qui leur était refusée par le Dieu des chrétiens. Les évêques commencèrent par lancer l'anathème sur ces vestiges d'un autre âge. Ils en firent même abattre un grand nombre. Mais ils s'aperçurent que cette répression ne servait qu'à exacerber la superstition des malheureux. Alors, ils changèrent de tactique et se mirent à christianiser ces monuments. Ainsi, des croix et des images de la Vierge furent-elles gravées par leurs soins sur les pierres païennes. Ainsi, certaines de ces pierres furent-elles déplacées pour être érigées dans l'ombre sacrée d'une église. Ainsi, quand ces monuments étaient trop lourds, des églises furent-elles construites auprès d'eux. Parfois même, comme ce fut le cas à Saint-Germain-de-Confolens, en Charente, un dolmen fut transformé en chapelle par les soins des évêques.

Rien ne pouvait faire se départir le prélat de son affabilité onctueuse.

— J'apprécie l'anecdote, dit-il encore avec un fin sourire, et cela fait partie de mon sacerdoce de goûter les paraboles. Celle-ci prouve simplement que l'esprit souffle où il veut.

— Notre physicien atomiste pense comme vous, Monseigneur, dit Maurelle en s'inclinant. Il me l'a souvent répété.

— L'évangéliste l'a dit avant lui et avant moi, cher monsieur. En tout cas, ma conclusion sera encore : tout cela ne peut faire de mal à personne.

Il les quitta après s'être incliné avec respect devant Mme Bach et avec un geste de la main qui ressemblait déjà à une bénédiction.

III

— Saint homme, remarqua Maurelle, alors que l'automobile de l'évêque disparaissait.

— Prévoyant, continua Mme Bach. Je suis sûre qu'il ferait un excellent homme d'affaires. A propos, Maurelle, j'ai apprécié votre anecdote.

Le jeune homme se rengorgea et ils reprirent ensemble le chemin du quai. Müller évoqua la guérison de la boiteuse. Absorbé par son travail à l'arrivée du pétrolier, il n'avait encore guère eu le temps d'en discuter

— Je ne sais pas si c'est un geste de la Providence, dit Maurelle, mais c'est pour nous un atout dont il est difficile de mesurer encore toutes les conséquences.

Le capitaine hocha la tête d'un air bougon.

— Ecoutez, monsieur Maurelle, je crois que je commence à bien vous connaître. Je vous tiens pour le dernier homme au monde à croire à un miracle Une coïncidence bizarre, voilà tout.

— Peut-être, commandant, mais que nous serions coupables de ne pas exploiter à fond, si les événements prennent la tournure que je pressens.

Müller eut un geste de réprobation. Son honnêteté naturelle se rebellait à l'idée d'*exploiter* un événement de ce genre, comme le suggérait Maurelle. Il allait répliquer, mais son attention fut de nouveau attirée par l'homme qu'ils avaient vu recueillir de l'eau dans une bouteille. Quoique celui-ci se tînt à l'extérieur de l'enceinte limitant la portion de quai réservée au *Gargantua*, il fronça le sourcil. Il n'aimait pas voir des inconnus rôder autour de son navire.

L'homme avait cessé son étrange manège. Il contemplait sa bouteille aux trois quarts pleine d'un air penaud, en hochant la tête d'un air insatisfait. Quand il aperçut le trio qui s'approchait, il parut hésitant. Finalement, il s'enhardit à adresser la parole à l'homme en uniforme, après s'être découvert.

— Monsieur le commandant du *Gargantua*, je pense?

— C'est bien moi, maugréa Müller. Que me voulez-vous?

— Si j'osais, commandant...

— Osez.

— J'ai puisé un peu d'eau ici, mais ce ne doit pas être pareil. Elle n'est pas pure... Je veux dire, elle est déjà mélangée avec la mer froide... enfin, elle est loin de votre navire. Excusez-moi, commandant; moi, je ne crois pas tellement à ces choses, mais enfin, cela ne peut pas faire de mal.

Mme Bach, dont la curiosité semblait maintenant éveillée au plus haut degré, échangea encore un coup d'œil furtif avec son secrétaire.

— Il parle comme votre évêque, remarqua-t-elle.

— C'est ma femme, commandant, balbutia l'homme, de plus en plus intimidé. Elle m'a bien recommandé de lui rapporter de l'eau pure.

— Votre femme?

— C'est elle. Paralysée. Les docteurs affirment qu'elle ne peut pas guérir, mais ils disaient la même chose de la boiteuse. Elle a tout lu dans les journaux et elle s'est fait raconter tous les détails par des témoins. Depuis deux jours, elle ne rêve que de cela. Elle aurait voulu que je la transporte ici pour la baigner, mais c'est impossible et son médecin s'y est opposé. Alors, je lui ai promis de lui rapporter une bouteille de l'eau qui sort de votre navire après l'avoir traversé. Mais je vois bien que je ne peux pas m'approcher assez près. Commandant, si vous vouliez me permettre d'entrer dans l'enceinte et de remplir ma bouteille tout près de la décharge.

Müller réprima un geste d'agacement. Ce genre de fétichisme ne lui donnait pas envie de rire.

— Vous n'allez pas lui refuser ça, commandant, intervint Maurelle. Ce serait une faute.

Le capitaine était hésitant. Il interrogea du regard Mme Bach. Celle-ci semblait plongée dans une méditation dont l'intensité paraissait hors de proportions avec la trivialité de l'incident. Maurelle, qui commençait à bien la connaître, devinait qu'elle entrevoyait déjà une suite de développements imprévus à cette requête anodine.

— Je crois que Maurelle a raison, commandant, décida-t-elle après un moment. Lui refuser serait une faute.

Müller se résigna, de mauvaise grâce, à faire un geste d'assentiment. Maurelle fit entrer l'homme dans l'enceinte et l'aida lui-même à remplir sa bouteille à la décharge de l'eau légèrement échauffée sortant du navire. L'homme se confondit en remerciements gauches et émus et s'en alla avec son précieux liquide.

— Demain, nous risquons d'en avoir dix autres de son espèce, maugréa le capitaine.

— C'est bien ce que j'espère. Et nous aurions tort de les décourager. Songez à tout le mal que nous nous sommes donné, nos conférences, notre publicité, nos cadeaux, tous les arguments, toutes les raisons que j'ai développés pour combattre leur terreur du nucléaire.

— La raison ne servait à rien, dit Mme Bach, toujours songeuse.

— A rien, madame. Et il a suffi d'un élément irrationnel, illogique, inexplicable, une simple coïncidence sans doute comme vous le pensez, commandant, pour les faire basculer dans notre camp.

— Ils ne sont pas encore dans notre camp, bougonna encore Müller. Je reconnais qu'ils ont changé d'attitude et je m'en félicite.

— Ils y viendront. Songez à la foi ou au fétichisme de cette femme paralysée. Et son mari est bien près de partager ses sentiments, quoiqu'il s'en défende encore. Vous avez vu l'attitude de l'Eglise? L'évêque qui a du flair, n'a pas été long à prendre le vent. Je suis prêt à parier que bien d'autres ne tarderont pas à se manifester d'une manière analogue. J'espère, madame, que vous ne doutez pas qu'un événement aussi spectaculaire équivaut à des millions et des millions de publicité pour les projets futurs de la compagnie.

— Il est fort possible que vous ayez raison, dit Mme Bach. Et comme je ne perds jamais de vue les intérêts de la compagnie et ses projets d'avenir, qui sont les miens, je suis d'avis qu'il faut tout faire pour encourager la foi naissante de ces braves gens

— Je ferai mon possible si c'est là votre volonté, madame la présidente, admit le capitaine Müller. Mais je vous en supplie, ne me parlez pas à moi de surnaturel.

— Quelle importance, commandant? Pour l'avenir de la propulsion nucléaire, je sens que Maurelle a raison c'est vraiment un événement miraculeux.

IV

L'émission consacrée à la boiteuse connut un succès sans précédent dans les annales de la télévision. Le nombre des postes branchés dépassait de très loin les normes habituelles, si bien que des génératrices de secours durent être démarrées avec précipitation par l'E.D.F., pour satisfaire la soif d'information d'un public passionné par l'événement, comme il ne l'avait encore jamais été par aucune des péripéties survenues au cours des dernières années dans le domaine politique, militaire ou sportif.

— Espérons que notre physicien ne va pas débiter trop de sornettes, soupira le capitaine Müller, pendant que le titre de l'émission s'inscrivait sur le petit écran. Il m'inquiète depuis quelque temps. Cette histoire semble lui tourner la tête.

Invité lui-même à participer au débat qui devait suivre les images, il avait refusé, ne se sentant pas en communion avec l'esprit qui inspirait visiblement l'émission. Il y assistait en spectateur, dans son appartement du *Gargantua,* aux côtés de Maurelle, qu'il avait convié à dîner et retenu pour la soirée, ainsi que l'officier mécanicien Guillaume et sa femme, laquelle était venue rejoindre son mari, profitant du séjour forcé du navire à quai.

Le réalisateur ayant insisté pour qu'un représentant du *Gargantua* fût présent, Mme Bach avait d'abord tout naturellement songé à déléguer le chargé en titre des relations publiques. Mais celui-ci lui avait suggéré de faire plutôt confiance à David, en déclarant :

— Je le connais bien, madame, et j'ai de bonnes raisons de penser qu'il s'en tirera beaucoup mieux que moi-même, qui suis connu comme publicitaire. Je suis sûr que la sorte de mysticisme qui l'anime fera merveille sur le petit écran.

— Mystique? J'avais cru jusqu'ici que j'avais engagé un scientifique, un physicien atomiste?

— C'est presque la même chose depuis un quart de siècle, madame.

Mme Bach avait souri et suivi les conseils de son secrétaire, chez qui elle appréciait de plus en plus une certaine attirance vers le paradoxe, qu'elle ne détestait pas elle-même, à condition qu'il ne frisât pas l'extravagance gratuite. Le physicien figurait donc parmi les personnages devant animer le débat.

L'émission était présentée dans la série *les dossiers du petit écran*. La première partie comprenait un film tourné par les caméras de la télévision, centré sur le personnage de la boiteuse, avant l'événement qui avait changé sa vie. Les techniciens avaient rassemblé là des interviews données autrefois par elle, quelques vues de réunions contestataires qu'elle présidait, de brèves images de l'infirme courbée sur sa béquille, clopinant dans les rues de son village, tandis qu'un commentateur résumait sa carrière et son ascension, comme animatrice de la croisade antinucléaire.

C'était une simple entrée en matière. Ensuite, venait le morceau principal, c'est-à-dire la manifestation sur la mer, car la télévision avait acheté plusieurs films tournés par des amateurs contestataires, qui en montraient toutes les séquences, depuis le rassemblement nocturne de l'armada, jusqu'au coup de théâtre final, au sujet duquel le pays tout entier s'interrogeait, en proie à la fièvre.

Le capitaine Müller regardait ce document avec une curiosité croissante. Guillaume ne témoignait pas moins d'intérêt. Les deux officiers revivaient intensément les péripéties de cette matinée d'angoisse, qui s'était si bien terminée. La dernière séquence retint particulièrement leur attention, de sorte que leur visage se crispait dans un effort pour saisir quelque détail ayant pu leur échapper. Lors de la métamorphose subite de la boiteuse, Guillaume et sa femme poussèrent ensemble une sourde exclamation.

Ce soir, Maurelle observait avec le même intérêt le petit écran et les réactions des spectateurs. Une femme de pêcheur, employée par le capitaine comme servante pendant la durée des travaux à terre, beaucoup de matelots étant en permission, et qu'il avait autorisée à assister à cette émission de caractère exceptionnel, poussa un long soupir et ébaucha un signe de croix. Ce que l'homme des relations publiques avait prévu se réalisait : la vue télévisée prenait encore plus d'intensité que la scène directe.

— Après cela, il n'y aura plus beaucoup de sceptiques, murmura-t-il.

— Sceptiques quant au fait, non, dit Müller. Qui songerait à le nier? Pour le reste...

— Il semble difficile de nier le témoignage de nos propres yeux, interrompit la femme de Guillaume.

C'était une petite blonde timide et en général assez effacée. Elle avait parlé avec une autorité tout à fait inhabituelle chez elle.

— C'est aussi mon avis, dit le chef mécanicien.

Müller le regarda avec stupéfaction. Il s'était

exprimé, lui, sur un ton tranchant, avec une nuance de défi. Le capitaine hésita à répliquer, finalement haussa les épaules et reporta son attention sur le petit écran. Maurelle sourit.

Dans son appartement de Paris, où elle suivait elle aussi l'émission (elle se serait gardée de négliger le témoignage de ses propres yeux, auquel elle attribuait plus de prix qu'à aucun autre), Mme Bach, le sourcil froncé, ne perdait aucun des détails et s'efforçait d'en faire une synthèse cohérente. La métamorphose de la boiteuse ne suscitait en elle que peu d'émotion. Encore plus que Maurelle, elle était captivée bien davantage par l'extraordinaire impression lisible sur la face de tous les témoins, aussi bien ceux qui vivaient l'événement sur l'écran que le groupe réuni autour d'elle.

Il est vrai que les responsables du spectacle avaient fait preuve d'un art consommé dans sa présentation et sa mise en valeur. Après la vision de la boiteuse ruisselante, miraculée, extasiée, sur le pont du pétrolier, un très court retour en arrière la montrait de nouveau infirme, tordue sur sa béquille. Puis il y eut quelques instants d'obscurité, enfin un gros plan sur elle en direct, dans le studio, la boiteuse transfigurée, rayonnante, une larme au coin de l'œil, la béquille devenue inutile qu'elle avait tenu à apporter posée devant elle sur une table.

— Regardez-la bien, commandant, dit Maurelle, qui cherchait à lire ses sentiments intimes sur sa physionomie. Regardez-la bien. C'est aujourd'hui son heure de gloire.

C'était en effet un jour triomphal pour la boiteuse. Avec la complicité invisible des cameramen, qui s'ingéniaient à la mettre en relief par des angles appropriés de prises de vues et de subtils jeux de lumière, elle apparaissait comme dominant de très haut le groupe des invités, parmi lesquels certains semblaient assez guindés et dont on devinait l'effort pour se composer une attitude naturelle. Elle, au contraire, était à l'aise. L'orgueil qu'elle ressentait lui procurait une émotion plus intense que la joie de sa guérison. L'ambition qu'elle nourrissait en secret depuis des mois et des années était comblée d'une manière qu'elle n'eût jamais osé envisager : être le point de mire de millions de spectateurs enthousiastes pendant une soirée entière.

Elle s'était préparée depuis longtemps à une consécration de cette sorte; ou presque. Certes, si la manifestation s'était déroulée selon ses premiers espoirs, la signification en eût été différente, mais le cadre était celui qu'elle avait rêvé. Elle avait longuement étudié ses paroles, leur intonation, ses pauses, ses silences, l'accent de sa sincérité. Aujourd'hui, seules les paroles devaient être modifiées, ce qui ne lui demandait que très peu d'efforts. C'est avec une aisance qui n'était pas feinte qu'elle transposait son catéchisme d'antan en une profession de foi nouvelle, imposée par les circonstances.

Elle affirma sa maîtrise en coupant la parole au meneur de jeu avant le débat et en demandant à faire une déclaration préliminaire, ce qu'on ne pouvait lui refuser. Ce fut une autocritique sévère. Elle dénonçait la campagne fomentée par elle contre le pétrolier nucléaire, exprimait ses profonds regrets et son intention de consacrer maintenant toutes ses forces à réparer ses erreurs passées.

— Excellentes dispositions, murmura Mme Bach dans son salon parisien.

— Excellente entrée en matière, susurra Maurelle sur *le Gargantua*. Nous avons maintenant là une alliée solide.

Le débat commençait dans le studio de télévision. Les invités étaient au nombre de quatre, outre la boiteuse : le professeur Havard et David, qui avaient été présentés avec tous leurs titres et qui se regardaient comme des chiens hargneux. Ils étaient appelés à donner le point de vue de la science objective sur un phénomène qui semblait défier l'entendement populaire et ils se trouvaient être de plus des témoins directs de l'événement. Le troisième invité était un médecin assez âgé, qui avait soigné la boiteuse plusieurs années auparavant. Le dernier était l'évêque. Il avait hésité à déléguer un de ses vicaires, mais, après réflexion, l'affaire lui avait paru assez importante pour qu'il se déplaçât personnellement.

La discussion débuta par une question posée par le présentateur au médecin. Celui-ci pouvait-il expliquer la guérison de la boiteuse par des causes naturelles? Le docteur répondit qu'il ne le pouvait pas et se lança dans une longue explication technique que, dans tous les foyers, les téléspectateurs écoutèrent d'une oreille distraite, après avoir poussé un soupir de soulagement devant son affirmation.

Réagissant comme la multitude, Maurelle remarqua :

— J'étais certain de sa réponse. Même s'il nourrissait quelque doute, il n'oserait pas en faire part.

— Pourquoi cela? demanda Müller.

— Parce que sa femme l'écharperait à la sortie du studio. Parce qu'il recevrait demain des milliers de lettres d'insulte, émanant de personnes pour qui le miracle ne peut plus être mis en question, puisqu'ils l'ont vu de leurs yeux à la télévision.

— Miracle, monsieur Maurelle! s'écria le commandant. Vous, pas plus que moi, vous ne croyez à un miracle; je le sais.

— Mon opinion et la vôtre sont sans valeur, commandant. Regardez donc la femme de Guillaume, ajouta Maurelle à voix basse. Regardez votre servante. Regardez Guillaume lui-même.

Tous avaient entendu la remarque de Müller. Une des deux femmes le regardait avec dédain; l'autre paraissait attristée L'officier mécanicien semblait révolté.

— Ils n'écoutent pas un mot des explications du médecin, continua Maurelle. Ils n'ont d'yeux que pour la miraculée.

C'était ce qui se passait aussi bien sur *le Gargantua* que dans tous les foyers, aussi bien dans le studio de télévision que dans les coulisses. Le meneur de jeu en eut conscience et écourta les explications techniques du docteur en lui demandant de conclure, ce que celui-ci fit en répétant sa déclaration du début : la médecine ne voyait aucune explication naturelle à cette guérison.

— Alors, messieurs, dit le présentateur en se tournant vers les autres invités, si la médecine ne voit pas de cause naturelle, peut-on penser qu'une autre science puisse en découvrir? Et s'il n'en existe pas, il ne semble pas déraisonnable d'envisager une intervention d'un autre genre. Sans doute, Monseigneur, êtes-vous particulièrement qualifié pour intervenir dans ce domaine?

V

L'évêque répondit avec une prudence calculée, mentionnant en souriant que, pour admettre une intervention surnaturelle, l'Eglise demandait d'autres preuves que celles dont les laïcs se contentaient parfois, en plus de l'attestation d'un grand nombre de témoins dignes de foi. Sentant, avec son instinct professionnel, que ces restrictions risquaient de décevoir beaucoup de de télespectateurs, le présentateur lui fit observer en souriant lui aussi que la condition concernant le nombre et la qualité des témoins ne pouvait être satisfaite d'une manière plus parfaite puisque, grâce à la télévision, et en plus de l'évêque lui-même, le monde entier ou presque avait assisté à l'événement.

— Je reconnais que ce sont des circonstances très singulières, concéda le prélat. Comprenez que ma réserve ne signifie en aucune façon scepticisme. Vous ne serez pas surpris de m'entendre déclarer maintenant bien haut que l'Eglise non seulement admet mais qu'elle proclame la possibilité d'un miracle.

Cette remarque provoqua une exclamation furieuse du professeur Havard et une protestation de sa part au nom de la science. Alors, David lui coupa la parole avec autorité, déclarant qu'il désirait citer une phrase d'un authentique savant, de valeur indiscutée. Sentant qu'il obtenait une approbation générale, il lut dans un livre qu'il avait apporté :

— « Une conséquence sérieuse de l'abandon du principe de causalité... » Il s'agit, commenta-t-il, de l'adoption du principe d'incertitude, que la plupart des hommes de science admettent aujourd'hui, « une conséquence sérieuse de l'abandon du principe de causalité est que cela nous laisse sans claire distinction entre le naturel et le surnaturel... Nous ouvrons ainsi la porte aux démons et aux sauvages. C'est une grave initiative, mais je ne crois pas qu'elle implique la fin de la science [1] ». L'auteur, ajouta-t-il après un silence, est sir Arthur Eddington, un des grands astronomes de notre temps, physicien également, et qui s'est penché avec clairvoyance sur beaucoup de problèmes philosophiques.

— Excellent, apprécia Mme Bach. Maurelle avait raison. David est à la hauteur de la situation.

Cette citation semblait avoir impressionné les participants au débat, sauf le professeur Havard qui haussait les épaules. L'évêque lui-même parut apprécier l'intervention du physicien, après avoir seulement esquissé une moue à la mention de démons et de sauvages. Après un nouveau silence. une discussion s'amorça entre les deux scientifiques, au cours de laquelle le jugement unanime des téléspectateurs fut que David avait un net avantage. Il est vrai qu'il conservait tout son calme, citait des noms de physiciens fameux, faisait des allusions à la gnose de Prin-

1. *The Nature of the physical world*, Arthur Eddington.

ceton, tandis que Havard perdait peu à peu son sang-
froid.

Le professeur conclut en se déclarant épouvanté par
les balivernes qu'il venait d'entendre et en affirmant,
lui, qu'il s'agissait d'une simple coïncidence. D'après
lui, la boiteuse n'était pas du tout incurable et le fait
qu'elle avait été guérie en était une preuve indéniable.
Ce genre de preuve fit éclater David d'un rire mépri-
sant, qui trouva un écho parmi les invités de Mme Bach
et, sur *le Gargantua*, non seulement parmi ceux du
capitaine, mais chez les officiers et les marins qui se
pressaient devant d'autres téléviseurs. La médecine,
conclut le professeur, avait fait un diagnostic erroné,
comme cela lui arrivait assez souvent. La violence de
la douche avait peut-être suscité un choc nerveux,
provoquant le redressement de la boiteuse.

Un murmure réprobateur salua cette déclaration
dans le studio, dans les coulisses et se propagea encore
dans tous les foyers de France où des millions de
téléspectateurs firent entendre des protestations indi-
gnées. Seul, sur *le Gargantua*, le capitaine Müller
accueillit favorablement cette explication.

— Voilà enfin des paroles raisonnables, dit-il, ce
qui lui attira encore des regards réprobateurs du
couple Guillaume.

Le présentateur coupa court à la discussion en invo-
quant l'avalanche des questions posées. Les principales
pouvaient se résumer ainsi : qu'en pense la boiteuse
elle-même?

Celle-ci était restée silencieuse depuis sa première
déclaration, comme perdue dans un rêve. Elle parut
s'en évader avec difficulté et réfléchit longtemps avant
de répondre.

— Je suis incapable de participer aux discussions
savantes. Je peux seulement dire que j'ai senti et que
je sens encore que j'ai participé à un événement extraordinaire. Quand la douche m'a frappée, j'ai oublié

qui j'étais, où je me trouvais, en même temps que mes membres se dénouaient et qu'une chaleur inconnue envahissait mon corps. Dans mon ignorance, je ne puis attribuer cette métamorphose qu'à la Providence, à laquelle je ne croyais pas et que je remercie par la prière.

— Et ceci, messieurs, est peut-être un autre de ses bienfaits, sinon un deuxième miracle que je considère pour ma part au moins aussi important que le premier, commenta l'évêque.

— Il cherche à l'accaparer, c'est clair, murmura Maurelle, soudain soucieux.

Une question posée parut rasséréner l'homme des relations publiques et il attendit les réponses avec une attention accrue. Le présentateur la formula ainsi : est-il possible que l'eau, en traversant le réacteur, puisse acquérir des vertus que la science ne soupçonnait pas?

— Mais bon Dieu! hurla Müller en se levant...

Maurelle le calma d'un geste, lui faisant signe d'écouter.

— Qui veut répondre? demanda l'animateur.

L'évêque se récusa. Havard déclara qu'il n'y avait rien à répondre à de telles sornettes. David affirma en le regardant que la science ne pouvait se prononcer dans l'état actuel des connaissances, mais que, dans cette incertitude, il lui paraissait contraire à son esprit de nier systématiquement une éventualité de cette sorte, comme le faisaient certains savants routiniers.

— Mais bon Dieu! s'écria encore le capitaine Müller, l'eau qui a aspergé la boiteuse n'a pas traversé le réacteur!

— Brave David, murmura Maurelle. Il aura oublié ce petit détail ou il le méprise. Il ne se compromet pas, mais il laisse la porte ouverte à toutes les suppositions. Bonne question. Très bonne réponse.

— Folie! Il va nous rendre ridicules.

— Folie, peut-être, mais excellent pour nous, au contraire. Que la religion et le nucléaire gardent chacun une part de crédit dans cette aventure. David dose mysticisme et matérialisme suivant une formule qui plaira. Il apporte tout le poids de la science pour soutenir une superstition naissante et fournit en sa faveur des arguments qui paraissent presque rationnels. Cela a toujours été une tentation irrésistible pour beaucoup de grands physiciens et d'illustres astronomes.

— Je voudrais bien savoir ce qu'en pensera Mme Bach, maugréa le commandant.

Comme pour répondre à cette question et alors que l'émission était sur le point de se terminer sur un gros plan de la boiteuse, le visage illuminé par un doux sourire, un téléphone branché sur le secteur sonna dans le salon du *Gargantua*. C'était madame la présidente qui désirait parler à Maurelle.

— Très bonne émission, dit-elle. Elle ne peut que nous servir. J'ai beaucoup apprécié la dernière question et la réponse de votre ami David.

— Alors, madame, dit Maurelle avec une fausse humilité, je ne me repens pas d'avoir fait poser cette question par un de mes amis.

— Vous pensez à tout, mon petit Maurelle, dit-elle avec un accent appréciateur.

— C'était vous! s'écria Müller, furieux, dès que Maurelle eut posé le combiné.

— N'est-ce pas mon rôle de mettre en valeur les vertus de notre *Gargantua* par tous les moyens possibles?

Müller éteignit le poste d'un geste rageur et s'approcha d'un hublot pour contempler la mer, qu'un croissant de lune éclairait. Il lui fallait la vue de ce paysage pour calmer ses nerfs.

Il fronça soudain le sourcil, ayant aperçu une ombre glissant sur les flots.

— Une barque de pêcheur, remarqua Guillaume, qui l'avait rejoint. J'en ai déjà aperçu une hier.

— Je n'aime pas qu'on s'approche ainsi du navire la nuit. Demain, Guillaume, je veux des projecteurs qui éclairent la mer aussi bien que le quai.

— Après l'émission de ce soir, prophétisa Maurelle, je pense, commandant, que les abords de notre *Gargantua* recevront de nombreuses visites, de jour comme de nuit. Il va attirer les curieux et les âmes en peine comme un puissant pôle magnétique.

VI

La prédiction de Maurelle se réalisa. Après l'émission télévisée qui avait vu l'apothéose de la boiteuse,
apporté au monde la vision exceptionnelle d'un miracle et provoqué la confusion dans les rangs des adversaires du nucléaire, les visiteurs commencèrent à
affluer sur le quai où était amarré le navire. Les premiers jours, ce furent des curieux des environs, mais
déjà, dans tout le pays, une légion de pèlerins quit-
taient leur foyer, se répandant sur les routes et les
chemins, comme attirés par une puissance surnaturelle vers un nouveau temple.

Ainsi, le monstrueux pétrolier nucléaire, symbole du
progrès matériel, fruit du labeur d'une armée de
savants, d'ingénieurs, de techniciens, autour des spéculations abstraites trois quarts de siècle auparavant
d'un physicien de génie, le réacteur ambulant qui avait
déchaîné les passions, les querelles, les brouilles, les
combats d'une génération de biologistes, d'atomistes,
d'économistes, d'hommes politiques, le Gargantua surnommé Léviathan devint-il en quelques jours le siège

de manifestations insolites mi-religieuses, mi-païennes, qui provoquaient des états d'âme bien différents parmi ses servants. Elles rendaient soucieux le capitaine Müller, dont l'esprit réaliste se rebellait devant ces extravagances. Elles enchantaient Maurelle, dont cette vénération subite comblait à la fois les plus folles espérances et un amour de la fantaisie. Elles inspiraient à David des rêveries qui transcendaient de plus en plus le cadre de la physique. Elles plongeaient Mme Bach dans des spéculations qui prenaient parfois la forme d'un rêve, mais qui ne demandaient qu'à se transformer en nouveaux projets.

Dès le lever du soleil, à l'heure où le sommet du réacteur commençait à se dorer comme pour lancer un signal mystérieux, les pèlerins s'approchaient le plus près possible de l'enceinte réservée au navire. Certains se tenaient debout, d'autres agenouillés, quelques-uns, grands infirmes qui s'étaient fait porter là, allongés sur leur civière. Tous avaient le regard fixé sur la nouvelle cathédrale, comme fascinés par ses lignes nettes, auxquelles une légion de dessinateurs industriels s'étaient ingéniés à insuffler une certaine pureté, tenant lieu d'esthétique. Leurs lèvres s'agitaient, tandis qu'ils murmuraient à voix basse des prières incompréhensibles.

Ils restaient ainsi immobiles plusieurs minutes, parfois beaucoup plus longtemps, ensuite certains puisaient de l'eau le plus près possible du navire, à l'aide de seaux, de bouteilles, de boîtes de conserve, et s'aspergeaient méticuleusement. Des aveugles, guidés par des amis, recueillaient l'eau dans le creux de leur main et s'en frottaient le visage. Des infirmes la faisaient ruisseler sur leurs membres morts, sur tout leur corps, sans souci de leurs vêtements. Puis ils retombaient dans leur contemplation religieuse, se relevant seulement de temps en temps pour un nouveau baptême.

Vint l'époque où la nuit même n'arrêta pas leur acharnement et où les abords du pétrolier furent troublés par des piétinements et des chuchotements nocturnes. Des ombres rôdaient autour de l'enceinte, à la limite des faisceaux lumineux qui l'éclairaient. Les projecteurs installés autrefois par crainte d'un sabotage dû à la malveillance, Müller estimait maintenant qu'ils étaient au moins aussi utiles pour protéger son bâtiment contre la frénésie de ses adorateurs. Il redoutait des accidents et sa crainte n'était pas vaine. Les malheureux n'étaient pas entièrement satisfaits de l'eau puisée à quelques dizaines de mètres du *Gargantua*. Cela ne rappelait pas les circonstances du premier miracle. Les plus valides cherchaient par tous les moyens à s'approcher de la source même, qui possédait à leurs yeux des vertus infiniment plus puissantes. Une nuit, l'un d'eux réussit à tromper la vigilance des gardiens, à monter à bord du navire et à ouvrir au hasard une vanne de tuyauterie, causant un début d'inondation, dans laquelle il s'était baigné avec des convulsions de possédé. Cette tuyauterie était anodine, mais le capitaine redoutait qu'un de ces énergumènes ne réussît à s'introduire dans un compartiment interdit et à s'exposer à une irradiation dangereuse. Il renforça des consignes déjà sévères et fut ainsi amené à doubler un service de sécurité autrefois surtout prévu pour décourager les terroristes en quête de matière fissile.

L'approche se faisait aussi par la mer. Le batelier aperçu le soir de l'émission télévisée avait eu des imitateurs. Chaque nuit, des canotiers, des pêcheurs croisaient silencieusement dans les eaux du *Gargantua*, tentant de puiser à la décharge même du navire une eau devenue plus sacrée que celle des bénitiers, destinée à des parents ou à des amis affligés de maux incurables. Comme il en avait manifesté l'intention, Müller fit disposer d'autres projecteurs puissants pour éclairer la mer. Le résultat fut que le navire géant apparaissait de très loin dans la nuit comme une prodigieuse source de lumière, lui-même éblouissant, irradié par les reflets fantastiques renvoyés par les vagues. Cette féerie frappait encore davantage l'imagination des pèlerins, qui formaient autour de lui dans l'ombre un cercle où se chuchotaient des paroles d'espoir.

La boiteuse, qui avait abandonné avec fracas ses activités subversives, partageait ses nouveaux loisirs entre l'église et ce cercle des pèlerins, manifestant un prosélytisme fervent en faveur d'une sorte de religion brusquement surgie, religion d'autant plus attrayante qu'elle était plus qu'une autre chargée de mystère et que l'adoration ne savait trop sur quelle divinité se fixer.

A l'église, elle était le point de mire des croyants et l'objet de l'attention constante du curé de son village, qui encourageait sa piété nouvelle, surveillait ses faits et gestes et en rendait compte à l'évêché. Sur le quai, elle se recueillait avec autant de ferveur devant les grilles de l'enceinte. Elle était là l'objet d'une vénération particulière et le centre d'un groupe qui réunissait les plus pieux. Certains s'enhardissaient à la toucher, à baiser le bas de sa jupe. Elle ne recherchait pas ces démonstrations, mais les accueillait avec faveur. Sa face, autrefois ingrate et déformée par la souffrance et la haine, se parait maintenant en permanence d'un sourire qui réconfortait les cœurs. Des bruits circulaient au sujet d'un dossier préparé sur son cas par les plus hautes autorités ecclésiastiques. Elle ne démentait ni ne confirmait ces rumeurs.

Ces scènes se déroulèrent ainsi sur le quai jusqu'au jour où elles ne lui suffirent plus. Il lui fallait un

contact plus intime avec le navire. Elle demanda à
Müller la faveur de monter à bord et de se recueillir
une heure par jour en face du mystérieux agent de sa
guérison. Malgré la répugnance du capitaine, malgré
les distractions que sa présence pourrait causer parmi
le personnel procédant aux réparations, il accéda à
sa demande. Il ne pouvait pas, lui fit remarquer Maurelle, refuser une si petite faveur à un être à qui ils
devaient tant.

Ce fut elle aussi qui fut mandatée par l'ensemble
des pèlerins pour faire une nouvelle démarche auprès
du capitaine. Respectueux de la discipline, ils compre-
naient parfaitement qu'il ne pouvait pas autoriser la
foule à pénétrer dans l'enceinte pour s'approcher de
la source. Mais ne pourrait-il faire dérouler jusqu'à
eux un de ces tuyaux d'incendie qu'il avait utilisés le
jour de la manifestation et qui déverserait un jet
assez fourni pour que tous pussent en profiter? La
requête fut d'abord présentée par la boiteuse à Maurelle, qui gardait un contact intéressé avec elle. Il la
transmit à Müller et l'appuya de toutes ses forces.

— Fétichisme, bien sûr, mais l'imagination joue un
grand rôle dans cette affaire. Peut-être, en reproduisant
les circonstances exactes de la première guérison...

— Vous ne voulez pas suggérer l'éventualité d'une
deuxième guérison!

— C'est mon espoir le plus cher, et il ne faut rien
négliger pour qu'il en soit ainsi.

Müller haussa les épaules et leva les yeux vers le
ciel, comme pour le prendre à témoin de la folie qui
commençait à sévir dans son entourage, même parmi
ceux qu'il considérait comme les plus rassis. Il finit
toutefois par se laisser convaincre, avec la secrète
inquiétude de s'attirer de nouveau l'hostilité de la boiteuse s'il refusait.

— Eh bien, qu'ils soient douchés, si tel est leur désir.
Cela finira peut-être par les calmer.

— Bravo et merci, commandant. Je vais leur apprendre la bonne nouvelle et faire installer le tuyau, ... deux, peut-être? Ils sont de plus en plus nombreux.

— Si vous voulez, mais attention, monsieur Maurelle. Je veux de la discipline et pas de diableries. N'oubliez pas que nous sommes jusqu'à nouvel ordre une unité dont la raison d'être est de transporter à chaque voyage six cent mille tonnes de pétrole brut en Europe, et non un établissement de douches pour énergumènes en mal de miracles.

Il donna des instructions, à la suite desquelles un accord fut conclu avec les pèlerins, qui leur donna à peu près satisfaction. Deux lances d'incendie furent installées en permanence à travers la grille, les vannes étant ouvertes à des heures précises, pendant un intervalle de temps limité. Il s'abstint farouchement de tourner son regard vers le quai au moment des douches. Quand par hasard il était obligé de le faire, c'était pour prendre de nouveau le ciel à témoin de l'extravagance de ce spectacle.

Cependant, au bout de quelques jours, il fut convaincu qu'il devait s'occuper de cette affaire d'un peu plus près. Il avait d'abord laissé la supervision de l'installation à Maurelle, ne voulant pas engager la responsabilité d'un de ses officiers dans une initiative qu'il réprouvait. Le secrétaire de Mme Bach était peut-être expérimenté dans le domaine des relations publiques, mais il n'entendait rien du tout aux réalisations pratiques. L'âme ordonnée de Müller souffrit quand, après des ordres donnés avec légèreté et mal exécutés, il s'aperçut que les tuyaux se déformaient sous la pression de l'eau et que leur extrémité traînait dans la boue. De plus, les torrents d'eau qu'ils déversaient sur le quai se répandaient dans toutes les directions. Il décida de prendre les choses en main et en ressentit un soulagement immédiat.

— Guillaume, dit-il avec autorité à l'officier méca-

nicien, nous ne pouvons tolérer plus longtemps ce
gâchis devant notre navire. A vous et à vos hommes
de me faire une installation convenable.

Guillaume obéit d'autant plus volontiers que lui et
ses mécaniciens n'avaient pas grand-chose à faire, les
réparations intéressant surtout le réacteur. Il était
d'ailleurs lui-même choqué de voir devant *le Gargantua* un échafaudage aussi piteux, qui semblait une
insulte à l'ordre et à la propreté légendaires de la
marine. Sous sa surveillance, les tuyaux furent solidement arrimés sur une armure métallique qui ne jurait
pas avec la grille de l'enceinte. Une aire de béton fut
édifiée sous leur orifice, assez large pour accueillir un
nombre important de pèlerins. Enfin, un canal d'éva-
cuation fut creusé et cimenté pour ramener l'eau à la
mer. Ces travaux, conformes aux règles de l'art, qu'il
inspecta lui-même plusieurs fois en cours d'exécution,
firent un peu oublier au capitaine Müller l'incongruité
de leur but final. Quand il eut fait poser un écriteau où
les consignes et l'horaire des douches étaient spécifiés
en termes clairs, il estima qu'il avait bien agi en confé-
rant un embryon d'organisation aux débordements de
la folie.

VII

Les travaux sur *le Gargantua* menaçaient de durer un peu plus longtemps que prévu, deux mois au moins, estimait maintenant David, ce qui faisait l'affaire des pèlerins, dont l'afflux ne ralentissait pas. Ce jour-là, à l'heure de leur douche, Müller s'était, suivant son habitude, retiré dans son bureau et en profitait pour écrire un rapport destiné à Mme Bach, commentant le nouveau retard.

Il avait laissé ouverts tous ses hublots. Le bruit des ouvriers qui travaillaient sur le navire ne le gênait pas. Il aimait au contraire ce concert auquel il s'était accoutumé et qui avait à ses yeux l'avantage d'étouffer les murmures de la foule des pèlerins.

Il fronça soudain le sourcil et releva la tête. Il avait perçu une rupture dans son accompagnement familier. Une clameur montait vers lui, couvrant le fracas des machines-outils et le bruissement de l'eau dans les conduites.

— Encore une crise d'hystérie, gronda-t-il.

Il en ressentit un vif mécontentement, ayant sévè-

rement interdit les litanies et les prières que les pèlerins les plus passionnés hurlaient à pleine voix les
premiers jours. Voilà que ce sabbat recommençait. Il
attendit un moment, s'exhortant à la patience, tentant
de reprendre le fil de son rapport. Après quelques
minutes de calme, les clameurs reprirent de plus
belle. Furieux, il se leva et se préparait à aller lui-
même faire respecter les consignes quand David,
surexcité, fit irruption dans son bureau sans même
avoir pris la peine de frapper.

— Un autre miracle, commandant, indiscutable.
Un aveugle a recouvré la vue!

A la vérité, ce deuxième événement n'avait pas un
caractère aussi miraculeux que David le proclamait,
à la suite d'une foule emportée par l'enthousiasme,
mais il était assez étrange pour ébranler des esprits
moyennement sceptiques. Le bénéficiaire, un vieillard
octogénaire, n'était pas complètement aveugle, mais
il était en passe de le devenir. Sa vue était si affaiblie
qu'il ne pouvait se diriger seul et qu'il ne parvenait à
déchiffrer que les gros titres d'un journal, en s'aidant
de lunettes aux verres épais et d'une loupe. Sa guérison était advenue d'une manière aussi subite et presque aussi spectaculaire que celle de la boiteuse.

Après s'être fait conduire sur l'aire cimentée où
était répandue chaque jour l'eau irradiée de vertus
mystérieuses, il avait enlevé ses lunettes, recueilli
un peu de liquide dans le creux de ses mains, comme
le faisaient beaucoup d'aveugles, et frotté à plusieurs
reprises ses paupières. C'est alors qu'il poussa un
cri étouffé, proclamant qu'il y voyait clair comme
au temps de sa jeunesse. Aussitôt entouré, avide
d'en administrer la preuve, il commença à décrire
avec minutie les bâtiments des chantiers éloignés du

navire, puis à compter à haute voix les piliers de
l'enceinte, enfin à dépeindre avec une émotion de
poète exalté la silhouette du réacteur, sur lequel
son regard se fixait avec une lueur extatique, comme
autrefois, dans les mêmes circonstances, celui de la
boiteuse.

David, occupé à surveiller les travaux, attiré par les
clameurs saluant l'événement, rejoignit le groupe et
participa aussitôt à la surexcitation collective. Puis,
son éducation scientifique reprenant le dessus, il fit
subir au vieillard quelques épreuves dont le résultat
satisfit entièrement sa conscience professionnelle. A
sa demande, l'octogénaire se fraya un chemin d'un pas
ferme à travers les pèlerins qui se pressaient autour
de lui, sans en heurter un seul, s'approcha de l'écriteau
sur lequel les consignes étaient inscrites et les lut
d'un bout à l'autre, sans hésiter une seule fois et sans
commettre la moindre erreur. David insista. Il sortit
de sa poche un agenda sur lequel il notait des rendez-
vous et lui mit sous les yeux une page écrite en petites
lettres, que l'homme lut encore, un peu plus lentement.
C'est à la suite de cet exploit que le physicien s'était
précipité chez Müller pour claironner la bonne nouvelle, la commentant avec un débit haletant, qui confirma le capitaine dans ses inquiétudes sur son équilibre mental.

— C'est le rachat du prétendu péché, disait David,
la rédemption, l'effacement de Hiroshima, le signe que
les atomistes n'ont pas été coupables.

Malgré sa répugnance, Müller ne pouvait refuser
d'aller se rendre compte par lui-même de cette nouvelle guérison. Le miraculé était là, au milieu d'un
groupe agité, qui comprenait non seulement des pèlerins, mais aussi plusieurs habitants de la région, car la
nouvelle s'était très vite répandue. Etaient présents
aussi, Müller le remarqua avec dépit, tous les marins
et mécaniciens que leur service maintenait à bord et

qui n'avaient pas hésité à abandonner leur travail. Il nota également qu'ils étaient au moins aussi exaltés que les autres.

Il en éprouva un malaise et se promit d'avoir un entretien sérieux avec son équipage, pour remettre un peu de plomb dans des cervelles qui lui paraissaient dangereusement séduites par des divagations indignes de marins expérimentés.

En attendant, il dut constater, après de nouvelles épreuves qu'il lui fit subir lui-même et de nombreux pièges qu'il lui tendit, que le vieillard y voyait parfaitement. Quant à son état antérieur, la population entière du pays en témoignait. Le capitaine se promit de faire lui-même une enquête encore plus serrée que la première à ce sujet.

— Vous voyez que je n'étais pas fou d'espérer un autre miracle, commandant, dit derrière lui une voix qui trahissait une singulière jubilation.

C'était Maurelle qui accourait à son tour, émoustillé par la nouvelle qu'il venait d'apprendre.

— Monsieur Maurelle, combien de fois devrai-je vous répéter que je ne veux pas entendre prononcer le mot miracle à propos de mon navire?

Et soudain, devant la face hilare de ce collaborateur qu'il estimait, mais dont il n'appréciait pas toujours les efforts publicitaires, un soupçon saisit le capitaine. Pendant un instant, sa face s'empourpra sous l'effet d'une colère incontrôlée.

— Monsieur Maurelle, s'écria-t-il, je veux la vérité, vous m'entendez, la vérité tout entière! Vous allez me jurer...

Puis il s'arrêta, ce soupçon, à la réflexion, lui paraissant monstrueux.

— Quoi donc?

— Vous allez me jurer que tout cela n'est pas une tricherie, je veux dire une comédie montée de toutes pièces par vos soins, peut-être même inspirée par

Mme Bach. Vous allez me jurer que ni vous ni elle n'êtes pour rien...

Ce fut cette fois un franc éclat de rire qui l'interrompit, apaisant un peu son émoi.

— Vous me prenez donc pour le Diable, commandant! Ne commenceriez-vous pas à rêver, vous aussi?

— Je me demande parfois si nous n'avons pas fait un pacte avec lui, comme nos ennemis le prétendaient autrefois.

— Vous pouvez être rassuré. Sur ce que j'ai de plus cher au monde, sur l'avenir de notre *Gargantua* que j'ai à cœur aussi bien que vous, sur la tête de la compagnie à laquelle nous appartenons tous deux, je vous fais le serment solennel que je ne suis pour rien dans ce deuxième miracle; je veux dire dans cette deuxième guérison.

— Bien, murmura Müller, un peu confus. Je vous crois et je vous fais des excuses.

— Mais puisque vous m'avez demandé d'être tout à fait franc, poursuivit Maurelle avec un calme imperturbable, je vais vous faire un aveu. J'y ai songé.

— Quoi!

— J'ai très sérieusement envisagé de faire jouer le rôle d'un miraculé par un homme de paille, auquel on aurait inventé une bonne petite maladie incurable, avec certificat à l'appui. C'était délicat, mais pas impossible. Ma conscience eût été en repos, du moins ma conscience professionnelle. Rien ne peut m'arrêter dans l'accomplissement de mon métier... Mais rassurez-vous, commandant, je vous répète que je n'y suis pour rien. Et savez-vous pourquoi j'ai résisté à cette tentation, pour toujours, je peux encore vous faire cette promesse? Parce que, après réflexion j'ai estimé que ce n'était pas nécessaire. Superfétatoire, parfaitement. Parce que, témoin de l'émotion populaire, je considérais comme certain qu'il y aurait un deuxième

miracle, de même que je sais aujourd'hui qu'il y en
aura d'autres.

— Vous divaguez, maugréa Müller en haussant les
épaules.

— Je n'ai jamais été aussi sérieux. Il y en aura
d'autres. Dans une semaine? Dans un ou deux mois?
Dans un an peut-être. Rien ne presse maintenant. Si
nous avions seulement un bon petit miracle annuel à
nous mettre sous la dent, nous serions tranquilles au
moins jusqu'à la fin de l'ère nucléaire.

— Un abominable cynique, voilà ce que vous êtes.

— Peut-être, mais lucide. Si vous connaissez les
navires, commandant, moi, j'ai acquis une certaine
expérience des foules. Quand les hommes tombent
ainsi à genoux devant l'irrationnel, il se produit toujours un miracle, des miracles, une chaîne de miracles.
Une chaîne, c'est cela. Cela se passe dans les esprits
comme dans le cœur des réacteurs de David. Il suffit
d'une excitation adéquate.

VIII

Le séjour à quai du *Gargantua* devant durer encore quelques semaines, une bonne partie de l'équipage jouissait d'un congé prolongé. Le capitaine Müller invita à sa table les quelques officiers maintenus à leur poste, ainsi que Maurelle et David, et profita de cette occasion pour tenter de redresser chez eux certains égarements par lesquels ils lui paraissaient communier avec les superstitions et les divagations populaires, lesquelles heurtaient son robuste bon sens et qu'il jugeait indignes de marins. Il aborda au dessert le sujet qui lui tenait à cœur, s'adressant d'abord à David :

— Vous, monsieur David, un homme de science, un savant que j'admire, vous êtes le plus qualifié de nous tous pour émettre une opinion objective sur les événements dont nous avons été témoins. Vous avez fait à la télévision des déclarations qui m'ont laissé perplexe. Je voudrais savoir ce que vous pensez au fond de vous-même.

David réfléchit un long moment avant de répondre.

— S'il s'agit de coïncidences, comme je crois que vous le pensez, commandant, elles sont troublantes. Pour ma part, je ne me suis jamais senti aussi déconcerté depuis que je fréquente le monde des atomes, un monde qui n'a pas encore livré tous ses secrets, loin de là.

Maurelle remarqua que la plupart des officiers étaient impressionnés par la réponse du physicien. Guillaume restait sa fourchette en l'air, comme s'il partageait son trouble.

— Je l'ai observé, continua Müller. C'est pourquoi je tiens à ce que nous nous expliquions une fois pour toutes. Voyons, monsieur David. Jusque-là je vous suis. Nous sommes en présence de deux incidents que nous ne savons pas expliquer; d'accord. Cela ne vous est-il jamais arrivé au cours de vos recherches? Cela n'est-il pas arrivé à tous les hommes de science?

— Oui, admit David, mais pas de la même façon. Ici...

Müller l'interrompit, mettant toute sa volonté de persuasion dans son accent.

— Nous n'allons pas nous mettre à divaguer parce que nous avons enregistré deux anomalies. Vous en avez rencontré, je le sais, dans vos expériences et, nous autres marins, nous nous sommes trouvés en présence de certaines en mer. Ne devons-nous pas à notre dignité d'analyser les circonstances de ces anomalies avec la même objectivité dont nous avons fait preuve au cours de ces circonstances antérieures? N'êtes-vous pas tous d'accord sur ce point?

David resta silencieux. Les officiers que le capitaine prenait à témoin reconnurent que telle devait être leur attitude, mais Maurelle sentit des réticences inexprimées dans cet accord, comme s'il était donné à regret. Müller reprit avec une énergie accrue :

— Est-ce à moi de vous apprendre que le jet qui a arrosé la boiteuse est de l'eau de mer légèrement échauffée par son passage dans les condenseurs de *vos* turbines, Guillaume? Est-ce à moi de vous rappeler qu'elle n'a eu aucun contact avec *votre* réacteur, monsieur David? C'est vous-même qui nous avez enseigné, qui nous avez prouvé qu'entre cette eau et les éléments radioactifs il existait plusieurs barrières, dont chacune était suffisante seule; imperméables. Vous en avez donné des preuves irréfutables, que M. Maurelle a répétées mille fois dans la presse et au cours de conférences. Ce n'est pas seulement de la vaine publicité, vous le savez bien. Vous le prouvez encore chaque jour par des analyses d'une précision rigoureuse. Avez-vous jamais constaté quelque résultat inquiétant dans ces analyses?

David admit qu'il n'en avait pas observé la moindre trace.

— Ceci, pour le cas de la boiteuse, poursuivit le capitaine. Pour celui de l'aveugle, ou du prétendu aveugle, c'est encore plus clair. Le réacteur était arrêté! Les turbines étaient mues par les chaudières à mazout, qui sont du ressort de Guillaume. Il ne pouvait y avoir trace de radioactivité dans aucun compartiment de la machinerie. Est-ce que je me trompe? Dites-le-moi, monsieur David, dites-le-moi, Guillaume.

Le physicien et l'officier mécanicien admirent que tout cela était d'une exactitude rigoureuse. Maurelle remarqua encore qu'ils faisaient ces concessions avec un accent chagrin.

— Alors, reprit Müller du ton d'un professeur faisant une démonstration, même si nous supposions qu'une faible dose de radioactivité pût doter l'eau d'une certaine vertu curative, ce qui semble être la croyance nouvelle de braves gens un peu simples (Dieu me pardonne! je crois que je commence à rêver moi aussi, mais je veux pousser mon raisonnement jusqu'au bout), je dis : même si nous supposions qu'une dose homéopathique de radioactivité en quelque

sorte pût conférer à l'eau le pouvoir de rendre la souplesse à une infirme et la vue à un aveugle, ce qui
serait le comble de l'audace, eh bien, même dans cette
folle hypothèse, toutes vos expériences nous oblige-
raient à conclure que tel n'est pas le cas. Ce n'est pas
vous qui allez nier la valeur de l'expérience, monsieur
David. Est-ce clair ou ai-je fait quelque erreur de raisonnement?

Aucune erreur, jugea Maurelle. Démonstration d'une
logique sans faille, ... et qui pèse le poids d'un fétu de
paille en regard d'un simple élément irrationnel, même
aux yeux de têtes bien équilibrées comme celles des
marins, même pour un cerveau mûri par les études
scientifiques.

De fait, aucun des convives ne paraissait convaincu.
Quant aux officiers, aussi bien le mécanicien que les
officiers de pont, ils semblaient mécontents de ce raisonnement et attendre une réplique du physicien.

— Je dois admettre la valeur de vos arguments, dit
enfin celui-ci.

— Tout de même! Alors?

— Alors, je constate également que les guérisons
sont aussi des faits indiscutables, des expériences en
quelque sorte. Il y a donc contradiction entre deux
séries d'expériences et c'est pour cela que je me sens
troublé.

— Mais il n'y a pas eu le moindre contact! s'écria
le capitaine.

— Il y a eu voisinage.

Et comme Müller manifestait son exaspération par
un furieux mouvement d'épaules, le physicien insista.

— Deux événements inexplicables par des causes
que nous appelons naturelles, commandant, sans être
bien certains aujourd'hui où se situe la frontière entre
le naturel et le reste. *Deux*, commandant. A mon tour
d'évoquer certaines disciplines scientifiques. Un était
extraordinaire; la conjonction de deux me paraît avoir

une probabilité voisine de zéro. Il est encore plus raisonnable ou moins insensé de penser à...

— Un miracle, allez-y, gronda Müller. C'est ce que je craignais. Vous allez tous bientôt entendre des voix.

La déclaration de David parut apporter un soulagement à l'auditoire. Le capitaine ne protesta plus. Il se sentait las et incapable de prolonger une discussion où il n'aurait jamais le dernier mot.

La plupart des officiers prirent bientôt congé. Ne restèrent auprès de lui que Maurelle, David et Guillaume. Avec eux, il quitta la salle à manger. Les quatre hommes firent les cent pas sur le pont supérieur. La nuit était belle. Les projecteurs illuminaient la mer et l'enceinte du quai, autour de laquelle ils distinguaient dans la pénombre quelques pèlerins agenouillés récitant encore des litanies. Beaucoup, cependant, s'étaient retirés dans le village de tôle et de toile, qui surgissait peu à peu sur le terrain vague, et où des lanternes s'allumaient. Un accordéon joua une musique douce et quelques chants s'élevèrent autour d'un feu. Maurelle observait cette animation nocturne avec la délectation d'un artiste amoureux de pittoresque. Müller haussa de nouveau les épaules et entraîna ses compagnons du côté de la mer, devant laquelle ils restèrent longtemps en contemplation silencieuse.

— Cet homme est encore là, maugréa enfin le capitaine, en apercevant une barque qui se glissait dans les parages du navire.

— Un pêcheur qui vient relever les filets tendus il y a quelques heures, dit Guillaume. Je le connais. Je lui ai parlé plusieurs fois. Celui-là est inoffensif. Il ne cherche pas à monter à bord. Il n'est même pas intéressé par notre eau. Il n'est là que pour le poisson.

— Pourquoi aussi près du *Gargantua*?

— Regardez donc, commandant, et vous reconnaîtrez qu'il y a là encore quelque chose de pas naturel.

Le chef mécanicien avait changé de ton et ses accents

trahissaient la sorte d'exaltation qui agaçait si fort le capitaine, tandis qu'il montrait du doigt l'embarcation qui passait en dessous d'eux.

C'était un vieux pêcheur, qui ne possédait plus qu'une modeste barque à rames, ce qui ne lui permettait pas d'aller exercer ses talents bien loin, et des filets vétustes, mille fois raccommodés. Depuis quelques jours, il avait eu l'idée de venir placer ceux-ci dans le voisinage du navire.

Müller put constater que ce n'était pas une mauvaise idée. Le fond de sa barque était couvert de poissons de grande taille, qui étincelaient sous les feux des projecteurs. Le filet qu'il finissait de relever en ramenait d'autres, qu'il jetait sur le tas à grandes brassées.

— Des loups et des mulets d'une taille exceptionnelle, dit Maurelle en se frottant les mains. Je le connais, moi aussi. Je me suis renseigné.

Le vieux pêcheur, qui avait terminé son travail, les entendit parler, releva la tête, les aperçut loin au-dessus de lui. Son élan l'avait amené presque bord à bord avec le navire. Il fit un salut respectueux aux officiers en uniforme, puis se baissa, attrapa par les ouïes deux des plus beaux poissons, les éleva avec peine au-dessus de sa tête et cria :

— Ils sont pour vous, commandant. Je vous dois bien ça.

Il se baissa de nouveau, ramassa un sac de grosse toile, y enfourna les poissons et attacha le sac à une corde que plusieurs matelots, témoins de la scène, lui lançaient d'un pont inférieur. Puis, après avoir de nouveau salué, il saisit ses rames, quitta le cercle lumineux et disparut dans la nuit.

— Vous avez vu, commandant, dit Guillaume. Et c'est ainsi toutes les nuits, depuis qu'il vient ici. Il ramène sa barque remplie des plus beaux poissons qu'on ait jamais vus sur cette côte.

— Et vous allez ajouter que leur goût est mille fois

plus exquis que celui des poissons pêchés au large, je vous vois venir! Je vais vous dire, moi, pourquoi il ramène de telles prises. Le poisson n'a jamais disparu de cette côte. Seulement, les pêcheurs avaient cessé de le pourchasser à cause de leur terreur superstitieuse. Cette longue abstention suffit à expliquer la prolifération présente.

Sans compter, pensait Maurelle, que la lueur d'un phare attire le poisson comme un aimant. Les pêcheurs au lamparo de la Méditerranée le savent. Le déluge de lumière répandu par les projecteurs du *Gargantua* doit agir comme un pôle puissant. Et tout haut :

— Vous avez peut-être raison, commandant. Mais j'ai assisté une fois à son retour triomphal au hameau qui lui sert de port. Eh bien, pour tous les villageois qui le voyaient revenir ainsi, lui qui collectionnait autrefois les bredouilles, il n'y avait pas l'ombre d'un doute. C'était une pêche...

— Miraculeuse! allez-y, hurla le capitaine Müller. Ne vous gênez plus pour moi. Je suis résigné à tout entendre.

IX

La mise au point du réacteur étant presque achevée, le pétrolier devait repartir après quelques essais pour une nouvelle croisière. Depuis que s'en était répandue la nouvelle, la consternation assombrissait les campements improvisés qui abritaient pèlerins et curieux.

Mme Bach vint passer quelques jours dans son appartement du *Gargantua*, où elle se sentait plus à l'aise que dans un hôtel. En arrivant, elle regarda d'un œil pensif la foule toujours grossissante qui se pressait autour de l'enceinte. Elle assista aux douches périodiques, au sujet desquelles Maurelle lui avait déjà fait un rapport, ne témoigna pas de surprise excessive et ne fit que peu de commentaires. Elle avait d'autres sujets de préoccupation, le principal étant de faire admettre à son conseil cette longue immobilisation forcée du pétrolier.

Elle avait eu plusieurs entretiens avec David, notant les arguments techniques justifiant ce délai, quand le maire de la commune sollicita à son tour un entretien avec les autorités du *Gargantua*, une visite de politesse et de bon voisinage, précisait-il, employant à peu près les mêmes termes que l'évêque quelque temps auparavant.

C'était un ancien négociant, doté d'un grand bon sens et qui apportait son expérience antérieure des affaires, qui était grande, à gérer celles de la commune. Mme Bach flaira en lui au premier abord un homme ayant de la compétence et du discernement, ce qui lui plut. Il arriva accompagné de la boiteuse, qu'il présenta comme son premier adjoint. Il expliqua brièvement et avec rondeur que celle-ci avait été choisie à l'unanimité du conseil municipal pour ce poste, en remplacement de l'ancien titulaire, en grande partie responsable de la regrettable animosité que certains nourrissaient autrefois à l'égard du pétrolier géant. Quant à lui, le maire, il était convaincu de la nécessité d'une collaboration loyale, dans une société moderne, entre la municipalité et une industrie à la pointe du progrès.

— Voilà, conclut-il après ce préambule. Je suis sûr, madame la présidente et vous, commandant, je suis sûr que vous sentez comme moi que nos intérêts sont liés.

— J'en ai toujours été persuadée, dit poliment Mme Bach.

— Cela dit, nous avons une proposition à vous faire, la boiteuse et moi.

— Vous voulez dire, mademoiselle?...

— Appelez-moi la boiteuse, dit celle-ci en souriant. On m'a toujours désignée ainsi et je tiens à ce que l'on continue.

— Donc, nous avons une proposition à vous faire, au nom de tout le conseil municipal.

Il se tut. Mme Bach étudiait en silence les traits de ses deux interlocuteurs, son visage un peu sec ne trahissant aucun sentiment. Le maire parut un moment décontenancé, attendant un encouragement qui ne venait pas, hésita un instant, puis se carra dans son fauteuil et se décida à poursuivre.

— En deux mots, voici, madame la présidente. Je n'ai pas à vous apprendre que les deux événements qui se sont produits au contact de votre navire ont eu des répercussions profondes dans l'esprit des malheureux affligés de maladies ou d'infirmités.

— Et aussi dans l'esprit de certains qui sont en bonne santé physique, murmura le capitaine Müller.

Il songeait à ce que Maurelle lui avait appris le matin même, sans dissimuler sa satisfaction. Depuis quelque temps, des femmes stériles venaient offrir leur flanc à la douche, comme autrefois leurs ancêtres du Moyen Age allaient frotter le leur à la pierre rugueuse des menhirs. Des amants éconduits venaient implorer le retour de leur maîtresse.

— Exact, poursuivit le maire. Mais c'est surtout des déshérités que je veux vous entretenir, de ceux qui viennent ici jour après jour, sans se décourager, dans l'espoir d'une guérison.

Il expliqua que le dernier débat du conseil municipal s'était concentré sur deux points principaux : d'une part, le comportement de ces malheureux était bien compréhensible, quand ils avaient sous les yeux deux cas de guérison de maux jugés incurables par les médecins.

— Deux cas miraculeux, précisa la boiteuse.

— Si tu veux. Moi, je n'en sais rien. Certains attribuent ces guérisons aux propriétés de l'eau, d'autres croient au miracle; d'autres encore, un petit nombre, estiment qu'il y a eu une série de coïncidences. Je crois, moi, madame la présidente, qu'il ne sert à rien de discuter là-dessus.

— J'ai toujours été de cet avis, approuva Mme Bach. Continuez.

Le conseil s'était donc mis d'accord sur ce premier point, à savoir qu'il eût été inhumain d'ôter un dernier espoir aux malheureux. Le deuxième point était plus délicat. Cette foule de malades et d'éclopés, parmi lesquels certains se livraient à des exhibitions frénétiques, constituait un spectacle déplacé, qui risquait de troubler l'ordre dans la commune et de lui donner mauvaise réputation.

— Ces douches en plein air, commandant, beaucoup jugent que cela nuit à notre bon renom. Déjà, nos enfants s'y rendent à la sortie de l'école comme à un parc d'attractions. Il ne faudrait pas que cela dégénère en une sorte de cirque permanent.

Müller, directement interpellé, se sentit mortifié et honteux.

— Suggérez-vous, monsieur le maire, que je doive mettre un terme à des exhibitions que je n'approuve pas plus que vous?

— Il ne peut en être question! s'écria la boiteuse. Grâce à ces jets d'eau, un aveugle a recouvré la vue et moi, la liberté de mes membres.

— Il y aurait peut-être un moyen de tout concilier, reprit le maire, l'ordre, la dignité et les ablutions. C'est la suggestion du conseil, que je viens vous soumettre. Ne pourrions-nous (je dis : nous, car vous êtes bien d'accord que nos intérêts sont liés), ne pourrions-nous créer une sorte d'établissement de bains et de douches clos de murs et couvert, en même temps, centre d'accueil, oh! pas luxueux, mais propre, bien entretenu et assez vaste tout de même pour accueillir et traiter convenablement ce monde de souffreteux qui accourt vers nous de toutes les régions de France? Vous voyez ce que je veux dire, madame la présidente, un bâtiment à l'abri des curieux, avec une sorte de piscine, l'eau provenant directement de votre navire, bien sûr. La place ne manque pas. Tout le terrain du sud est libre, l'autre étant occupé par vos ateliers. Un personnel qualifié aussi, sans doute. Nous pourrions commencer modestement au début, puis nous agrandir peu à peu si cela marche, s'il y a affluence, comme beaucoup d'indices permettent de le prévoir. Qu'en pensez-vous, madame la présidente? Qu'en pensez-vous, vous-même, commandant?

Le capitaine Müller était éberlué. Adjoindre à son pétrolier une sorte d'établissement thermal — le mot thermonucléaire lui vint subitement à l'esprit — destiné à susciter de nouveaux miracles, lui parut dans l'instant la plus extravagante des perspectives et il eut du mal à étouffer un ricanement.

Pour sa part, Mme Bach n'était pas moins surprise, mais son expérience des affaires lui avait enseigné à rester impassible en présence de propositions jugées au premier abord saugrenues. Une certaine tournure d'esprit naturelle la portait même à écouter d'une oreille attentive les plus surprenantes, à en entendre détailler les développements avec intérêt, parfois à les faire analyser par des experts, et même à consacrer pas mal de temps à les étudier elle-même. C'était un trait de son caractère de tenir pour acquis qu'une folie apparente peut se révéler parfois une excellente entreprise après un examen approfondi. Aussi ne broncha-t-elle pas et demanda-t-elle sur un ton posé au maire qui la regardait avec une certaine inquiétude :

— Avez-vous une idée des dimensions et du plan de cet établissement?

Le maire n'en avait qu'une idée sommaire. En termes vagues, il évoqua toutefois un hall assez long, traversé par un canal, où l'on plongerait les infirmes. Il mentionna aussi des dortoirs, une infirmerie sans doute avec un docteur attaché en permanence, un équipement de civières et un personnel de brancardiers, mais il serait certainement possible de trouver des volontaires dans la région.

— Nous ne sommes pas des industriels, nous, madame la présidente; dit-il avec rondeur, mais nous avons pensé que vous, je veux dire votre compagnie, serait tout à fait qualifiée pour mettre sur pied une équipe d'entrepreneurs, d'architectes, d'ingénieurs, capables d'établir et de réaliser un projet convenable. L'essentiel est que vous acceptiez le principe... Il serait bon de prévoir aussi un centre d'hébergement pour ceux qui accompagnent les infirmes, s'enhardit-il à ajouter devant le visage attentif de son interlocutrice.

— Un hôtel, peut-être? demanda Mme Bach, que cette nouvelle perspective paraissait ravir.

— Tout au moins, un bâtiment convenable; avec une succession de chambres présentant un minimum de confort. Certains de ces pèlerins viennent de très loin et sont toujours accompagnés. Il y a aussi, et il y aura de plus en plus, de simples curieux, des touristes en quelque sorte. Nous nous devons de leur offrir un abri convenable, et surtout de ne pas les laisser camper en plein air, comme certains commencent à le faire, ce qui donne une impression déplorable de laisser-aller.

— Et le financement? demanda Mme Bach. Jouons cartes sur table, monsieur le maire. Comptez-vous sur ma compagnie pour prendre à sa charge les frais d'installation et d'entretien?

— Je tiens à jouer cartes sur table, madame la présidente. Nous avons parlé de cela au conseil. La commune n'est pas assez riche pour supporter tous les frais d'installation, mais elle peut en prendre une partie à sa charge. Nous souhaitons bien sûr que votre compagnie y contribue pour une large part. Quant aux frais d'entretien, nous estimons qu'ils seraient largement couverts par la modeste rétribution que nous demanderions aux baigneurs et par la location des chambres dans le centre d'hébergement, dont nous nous réserverions l'administration, bien entendu. Par nous, j'entends encore votre compagnie et la commune, étant entendu une fois pour toutes que nos intérêts sont liés. Après avoir étudié très sérieusement cet aspect, le conseil est d'avis que l'affaire devrait se révéler rentable. Ce sont des détails, mais qui ne sont pas négligeables. L'essentiel, je vous le répète, madame la présidente, est que le principe de ce projet ait votre agrément.

Mme Bach resta un long moment silencieuse, comme plongée dans un rêve. Son goût inné de l'aventure en affaires, qui remplace l'aventure tout court pour certains présidents de conseil d'administration, la portait à se laisser bercer par l'originalité de celle-ci. Les autres respectaient sa méditation. Maurelle, qui assistait à ce débat et qui n'y avait pas encore pris part, réfléchissait de son côté. Müller avait engagé une conversation banale avec le maire et la boiteuse. Tandis qu'elle rêvait ou méditait ainsi, ponctuant des pensées informes par des crispations de sourcils et d'imperceptibles soupirs, Mme Bach avait machinalement saisi un crayon et traçait des traits irréfléchis sur une feuille de papier. Quand elle revint à elle, elle eut un sursaut en constatant qu'elle avait bel et bien ébauché le plan d'un long canal, bordé de chaque côté par des pièces qui ressemblaient à des dortoirs. Je deviens folle, songea-t-elle, en se passant la main sur le front. Puis tout haut, sur un ton de regret :

— Monsieur le maire, votre proposition m'a intéressée, je l'avoue, mais c'est impossible, et croyez bien que je le déplore.

— Pourquoi cela, madame la présidente? demanda le maire, déçu.

— Nos horaires. Le capitaine Müller vous dira mieux que moi ce que doivent être les horaires des pétroliers de l'espèce du *Gargantua*. C'est par accident que nous restons à quai si longtemps, et Dieu sait ce que cela nous coûte! Quand la machinerie sera au point, il n'est pas question que le navire fasse ici des escales régulières. Nous ne pourrions alimenter en eau votre établissement que quelques jours par an au mieux. Cela ne suffirait certes pas pour amortir les frais d'installation... Quel dommage! ajouta-t-elle après un instant de réflexion. Plus j'y pense, plus je le regrette. Voyons, mon petit Maurelle, vous qui avez parfois des idées, ne voyez-vous pas une solution?

Le jeune homme sortit à son tour de sa rêverie. Il sentait que sa patronne cherchait de toutes ses forces des arguments en faveur d'un projet qui l'avait séduite, et qui comblait son propre goût pour les aventures originales. Après avoir réfléchi encore, il s'exprima lentement, sur un ton posé :

— Et si cet établissement se révélait non seulement rentable, mais très rémunérateur, madame, les profits ne pourraient-ils compenser et au-delà les pertes dues à une immobilisation périodique du *Gargantua*? N'est-il pas possible alors d'envisager une modification du calendrier habituel des pétroliers géants, un calendrier exténuant pour l'équipage, presque inhumain, et qui nous confère une assez mauvaise réputation dans la marine marchande?

Mme Bach eut un long regard appréciateur, presque admiratif.

— C'est bien ce que je pensais, mon petit Maurelle, dit-elle après un silence, vous avez des idées, c'est l'essentiel. Je ne sais pas si celle-ci est bonne, mais elle ne pouvait pas poindre dans un cerveau quelconque.

Le jeune homme rougit de plaisir. Elle avait prononcé « mon petit Maurelle » avec reconnaissance, presque avec enthousiasme. Il comprit ce jour-là que son avenir au sein de la compagnie pétrolière était assuré.

X

Mme Bach revint après une quinzaine de jours pour assister au départ du *Gargantua*, qui donna lieu à une cérémonie beaucoup plus émouvante que son lancement. Les autorités civiles et ecclésiastiques étaient présentes. L'évêque célébra une sorte de baptême et donna une bénédiction qui parut remplir d'aise à la fois l'équipage et les assistants.

Les pèlerins saluèrent ce départ avec des vivats et des actions de grâces mêlés de larmes. Son annonce les avait d'abord plongés dans le désarroi, mais Mme Bach, dont le cerveau avait manifesté une activité fébrile pendant son séjour à Paris, avait fait répandre par Maurelle des paroles propres à leur redonner un peu d'espoir.

Pour clôturer la cérémonie, qui eut lieu à la tombée de la nuit, elle prononça une allocution, courte mais préparée avec soin en collaboration avec son secrétaire. Après avoir souhaité une heureuse traversée aux marins, elle remercia la population de la commune pour l'amitié qu'elle leur avait témoignée durant leur séjour à terre. C'était justifié : les membres de l'équipage séjournant sur le navire avaient été accueillis en amis et fêtés en bienfaiteurs dans tous les foyers. Puis elle s'adressa aux pèlerins qui l'entouraient et confirma l'espoir qu'elle avait fait miroiter. Elle déclara que la compagnie n'était pas indifférente aux souffrances des malheureux et laissa entendre qu'elle étudiait avec le plus grand soin la possibilité de ramener le pétrolier à terre plus souvent qu'il n'avait été prévu et, peut-être, dans des délais assez courts. Les contacts qu'elle avait pris, des démarches nombreuses, les spéculations auxquelles elle s'était elle-même livrée ne lui permettaient pas encore de prendre une décision ferme, mais le projet dont le maire avait semé la graine dans son cerveau fertile se présentait parfois sous un aspect si séduisant qu'elle se sentait prête à combattre pour le faire aboutir.

Les amarres larguées, *le Gargantua*, d'abord tiré par un remorqueur, commença à se détacher du quai, accompagné par le feu roulant des acclamations. Mme Bach et Maurelle, qui ne participait pas cette fois au voyage, sa patronne ayant besoin de lui, le regardèrent s'éloigner, gigantesque et lumineux dans la nuit, escorté par une nuée de bateaux qui le saluaient par un concert de sirènes.

C'était un spectacle propre à faire rêver et dont Maurelle ne se fût pas lassé, mais Mme la présidente le ramena bien vite aux problèmes de l'heure. Ses rêves à elle étaient en ce moment axés vers une réalisation matérielle. Très vite, bien avant que *le Gargantua* ne fût plus qu'une tache de lumière sur la mer, elle s'était retournée, et son attention était tout entière absorbée par l'agglomération hétéroclite que présentait maintenant la légion des pèlerins. Des lanternes s'étaient allumées un peu partout et l'on discernait, s'étendant très loin, des silhouettes de tentes et de cabanes en fer-blanc. L'émotion du départ un peu apaisée, les croyants regagnaient à pas lents leur habitation de fortune, ramenant des bouteilles d'eau puisée dans les derniers remous du navire. Le maire et les autorités s'étaient retirés. Mme Bach et Maurelle étaient restés presque seuls sur le quai.

— Allons faire un tour par là, dit-elle soudain à son secrétaire.

— Au village des pèlerins?

— Un village qui tend à devenir une ville, d'après ce que j'entrevois. Cela doit être un spectacle curieux.

— Curieux, et pour moi d'un pittoresque assez attrayant. Offusquant pour certains, pour le maire en particulier. Je vous préviens aussi, madame, qu'il s'en dégage des odeurs désagréables.

— Je ne crains pas les mauvaises odeurs; j'ai l'habitude des affaires et je suis rarement offusquée, répondit Mme Bach avec un sourire un peu cruel que Maurelle connaissait bien. Quand je le suis, je cherche toujours à supprimer ce qui m'offense.

Ils pénétrèrent dans le labyrinthe des campements, qui commençaient à s'animer d'une vie nouvelle dans la nuit. Des lumières scintillaient maintenant un peu partout : lampes à acétylène, lampes à pétrole à l'intérieur des tentes et des cahutes, lanternes sourdes, lampions. La pétarade d'un moteur éclata soudain et des points lumineux plus brillants éclairèrent des baraques hâtivement montées, avec des matériaux hétéroclites où dominait la tôle ondulée. C'étaient les magasins de marchands ambulants, qui possédaient un groupe électrogène. Mme Bach examina avec attention les devantures assez misérables.

— Les marchands, remarqua Maurelle. Certains s'étaient d'abord installés tout près de l'enceinte du *Gargantua*. Ils furent repoussés par le capitaine Müller, qui les chassa avec une indignation comparable à celle de Jésus pour les marchands du temple. Ils se sont regroupés ici et ont déjà leur quartier à eux dans le nouveau village.

— Une ville presque, insista Mme Bach. Et ils font des affaires prospères?

— Très prospères, je crois, madame; et cela, en vendant une camelote peu ragoûtante.

Un réseau de ruelles sales, certaines encombrées de détritus, commençait à se dessiner autour des boutiques mal alignées. Quelques commerçants offraient des victuailles peu alléchantes : légumes flétris, charcuterie suspecte, mais que les pèlerins se pressaient pour acheter.

— Manque d'hygiène certain, murmura Mme Bach.

Elle s'arrêta devant la devanture d'un ambulant, qui avait fait preuve d'initiative. Il offrait, lui, des cartes postales, déjà jaunies par le soleil, montrant *le Gargantua* sous différents angles, des photographies de la boiteuse, difficilement reconnaissable, des objets que l'on sentait fabriqués à la hâte avec des outils grossiers, évoquant le miracle, comme des assiettes peintes où le réacteur du navire était représenté avec une sorte d'aura. Mme Bach resta longtemps devant cette boutique, en fait jusqu'à ce qu'elle eût été vidée par le flot des pèlerins qui, là aussi, se bousculaient pour acquérir ces pauvres bibelots. Maurelle suivait le fil de ses pensées sur son visage et souriait intérieurement. Il fit une remarque assez perfide.

— Il est certain que si une compagnie sérieuse, comme la nôtre, s'en mêlait, cela aurait une autre allure.

Mme Bach eut un hochement de tête qui pouvait passer pour une approbation. Ils continuèrent leur tournée et s'arrêtèrent devant un groupe d'infirmes allongés sur de misérables brancards, certains à même le sol, auxquels des amis ou des parents apportaient

la pitance achetée dans les boutiques. Elle fit une
moue et murmura encore avec dégoût : « Manque
d'hygiène déplorable ». Puis, elle s'adressa à un des
malades, s'enquit de son état et lui posa la question :

— Le navire parti, qu'allez-vous faire maintenant?

— Rester ici et attendre qu'il revienne.

— Il reviendra, n'en doutez pas, dit-elle avec une
conviction croissante.

Elle posa la même question dans d'autres groupes et
obtint la même réponse, avec quelques variantes. Certains allaient repartir, mais ils accourraient de nouveau dès que le navire serait signalé. Ces déclarations
semblèrent procurer une intense satisfaction à
Mme Bach.

Ils revinrent ensuite vers les boutiques, où les éta-
lages étaient maintenant à peu près vides. A regret, les
marchands fermaient leur devanture.

— Ils pourraient en vendre cent fois plus, commença
Maurelle...

— Mille fois plus, trancha Mme Bach.

— ... s'ils pouvaient se procurer davantage de marchandises.

— Vous voulez sans doute dire : s'ils étaient convenablement organisés?

— C'est exactement, madame, ce que j'ai voulu dire.

Elle fit une nouvelle pause devant un groupe électrogène qui fonctionnait encore.

— Quelles pauvres installations! soupira-t-elle.

— Et dangereuses, madame, renchérit Maurelle, qui
prenait de plus en plus plaisir à suivre de très près
les pensées de sa patronne. Il y a un risque d'incendie
permanent. Aussi bien avec ces lampes à l'intérieur des
tentes qu'avec les fils mal isolés, presque dénudés, des
quelques margoulins qui possèdent un groupe. Une
installation électrique convenable, permanente, ce
serait déjà un gros progrès.

Mme Bach le regarda presque avec une nuance d'admiration.

— J'adore qu'on me comprenne à demi-mot, dit-elle. Je devine que vous estimez comme moi que les alternateurs du *Gargantua* conviendraient tout à fait pour éclairer cette foule et lui apporter un peu de bien-être.

— C'est ce à quoi je pensais. J'ai d'ailleurs demandé l'avis de David et de Guillaume. Tous deux m'ont confirmé que les machines du *Gargantua* pourraient fournir lumière et énergie à une population bien plus grande que celle-ci.

— S'il était à quai, dit Mme Bach.

— S'il était à quai.

— Mais il ne peut pas être à quai en permanence. Voilà.

— Il peut y faire des séjours plus ou moins prolongés s'il adopte un calendrier différent, comme je me suis permis de le suggérer un jour.

— Il peut, dit Mme Bach. C'est une éventualité que je fais étudier. Mais pour cela, il faudrait que le projet du maire fût rentable. Or, tel qu'il l'a présenté, il ne l'est pas.

— C'est aussi mon avis, madame, approuva Maurelle. Un projet beaucoup trop étriqué. Pour qu'il pût nous convenir, pour qu'il fût rentable pour nous, il faudrait voir beaucoup plus grand.

— Nous sommes tout à fait d'accord, mon petit Maurelle, dit-elle. Il faut voir beaucoup plus grand. Allons voir le maire.

TROISIÈME PARTIE

I

Les jours précédant le départ, les pêcheurs de la côte étaient venus nombreux tendre aussi leurs filets dans les eaux du pétrolier, presque toujours avec succès. Pour eux, ces prises exceptionnelles relevaient encore davantage du prodige que les deux guérisons inexpliquées. Aussi, sans s'être concertés, tous s'étaient-ils rassemblés ce soir pour faire une escorte d'honneur au *Gargantua*. La frénésie de cette flottille, qui s'approchait parfois dangereusement, inquiétait le capitaine Müller.

— Sacrés imprudents, murmura-t-il à l'officier de quart qu'il avait rejoint; ils ne se rendent pas compte qu'un bâtiment de cette taille ne se manœuvre pas comme une barque de pêche.

Il donna ordre de marcher à vitesse très réduite jusqu'à ce que *le Gargantua* fût sorti du cercle de ses admirateurs. Mais ceux-ci ne semblaient pas décidés à le quitter.

— J'en arriverais presque à regretter l'époque où

ils nous fuyaient, grogna-t-il encore. Au moins, nous pouvions foncer sans risque de collision.

Malgré ces remarques, il ne pouvait s'empêcher d'apprécier cette attitude nouvelle et de se sentir fier de l'hommage rendu à son navire. Autant par raison de sécurité que pour rendre la politesse à ses escorteurs, il fit braquer les puissants projecteurs pour éclairer la mer tout autour du navire, de sorte que celui-ci donnait l'impression d'une apparition magique, un vaisseau éthéré glissant lentement sur les eaux, au milieu de petites coques sombres, dont les faibles lumières étaient noyées dans sa splendeur.

Cependant, aucun bateau ne se trouvait plus sur sa route. Les pêcheurs, ayant sans doute compris ses soucis, se contentaient de l'encadrer et de le suivre en profitant de sa faible vitesse, de si près parfois qu'on entendait distinctement les acclamations souhaitant un prompt retour. Rassuré, le capitaine quitta la passerelle pour aller faire son tour du navire. Il pouvait recevoir des rapports et donner ses ordres par une multitude d'interphones, se rendre compte même de l'état de certaines sections du navire par un réseau de télévision dont il était pourvu, mais il aimait parcourir l'ensemble du bâtiment, interrogeant les uns et les autres.

Il fit sa tournée habituelle et en fut satisfait. Aussi bien sur les ponts que dans l'empire des machines, on lui confirma que tout marchait à souhait et que le voyage s'annonçait sous d'heureux auspices. En revenant, il passa devant la cabine de David et, la trouvant ouverte, jeta un coup d'œil discret. Le physicien était là. Ayant laissé à Guillaume, maintenant capable de le remplacer dans son domaine, le soin de surveiller le réacteur qui ne lui donnait plus d'inquiétude, il était monté se reposer et, au lieu d'aller prendre l'air sur le pont, s'était absorbé dans la lecture d'un livre. Müller entra. Toujours soucieux du bien-être de son équipage et de ses passagers, il lui demanda si sa cabine était assez confortable et s'il ne manquait de rien.

— De rien, commandant, je vous remercie. J'ai là tout ce qu'il me faut.

Il montrait du doigt une collection de livres rangés sur une étagère. Müller était toujours un peu embarrassé dans ses tête-à-tête avec le physicien, ne trouvant pas les mots pour engager une conversation avec un être qu'il considérait un peu comme appartenant à une espèce différente de la sienne. Il fit mine de s'intéresser aux livres et déchiffra quelques titres : *Modern cosmology and the christian idea of God,* de Milne. *Space and spirit,* de Whittaker, et quelques autres qui lui étaient aussi étrangers et qui ne lui paraissaient avoir qu'un lointain rapport avec la spécialité de David.

— Et celui-ci, intéressant? finit-il par dire, pour rompre un silence qui semblait devoir s'établir, en montrant le volume que le physicien était en train de lire à son entrée.

— Très. *L'Ame de l'Univers,* de Stromberg.

— Ah! fit le capitaine.

Et après un autre silence :

— Et vous y croyez, monsieur David?

— J'y crois, commandant, comme je crois à l'âme de l'atome, comme je crois, et de plus en plus, à l'âme du *Gargantua.*

— C'est un point de vue, admit Müller, presque timidement.

Il ne se sentait pas de taille à poursuivre une conversation ainsi engagée. Aussi quitta-t-il David, après quelques paroles banales et en lui souhaitant une bonne nuit.

— Un drôle de pistolet, murmurait-il en s'éloignant. Sympathique, avec ça. L'âme de l'atome? Que diable veut-il dire par là? L'âme du *Gargantua*?

Il regagna la passerelle. La nuit était belle. Le navire gagnait la haute mer. Un à un, comme à regret, les

bateaux de pêche se détachaient de lui. Il se sentit
la proie de sentiments complexes auxquels il n'était
pas accoutumé. Une certaine nostalgie de laisser derrière lui des amis fervents qui distillaient un tel par-
fum d'adoration se mêlait au plaisir qu'il éprouvait
toujours à naviguer sous les étoiles. L'ensemble suscitait en lui une émotion singulière. Elle le poussa à donner des ordres qui laissèrent ses officiers éberlués.
Juste au moment où il dépassait les dernières embarcations, il fit braquer sur la mer toutes les lances
d'incendie du navire, lesquelles, irradiées par les projecteurs, illuminèrent la mer d'une auréole irisée, provoquant une clameur enthousiaste des pêcheurs et de
tout l'équipage.

Cela ne suffit pas encore au curieux état d'âme qui
s'était emparé de lui. Dans un brusque élan d'enthousiasme qu'il n'avait jamais ressenti depuis sa
jeunesse, il voulut ajouter encore une touche à la
beauté de ce spectacle. Prenant prétexte d'une très
légère brume qui s'était élevée, il fit déclencher les
signaux sonores caractéristiques du *Léviathan*, signaux
autrefois honteux, qui apparaissaient maintenant
comme une glorieuse symphonie célébrant une éclatante victoire. Ce fut ainsi, dans un déchaînement de
cloches et de sirènes et une débauche de lumière, que
le Gargantua prit congé de ses nouveaux amis, par la
grâce d'un accès de fièvre tout à fait exceptionnel de
son commandant.

II

— Que diable est ceci? murmura le capitaine Müller,
en ouvrant des yeux effarés.

Le Gargantua s'engageait dans le canal de Suez.
L'enthousiasme qui avait salué son départ de France
s'était manifesté tout au long du trajet, chaque fois
qu'il se trouvait en vue d'une côte. L'équipage avait
constaté que la réputation du navire s'était propagée sur mer et sur terre. Des mouchoirs agités sur
les rivages saluaient sa silhouette maintenant répandue
dans le monde par des milliers de photos et de films.
Dans la Méditerranée, des plaisanciers, des pêcheurs
espagnols, marocains, algériens, tunisiens, siciliens,
maltais, grecs s'étaient approchés presque à le toucher,
le hélant avec des vivats et recueillant à pleins seaux
l'eau de son sillage.

A Port-Saïd, l'attitude du pilote monté à bord
contrastait singulièrement avec la hargne de celui
qui l'avait guidé lors de sa première apparition. A peine
avait-il mis le pied sur le navire qu'il s'était tourné
vers le réacteur, puis, tombant à genoux, avait baisé

le pont à plusieurs reprises en murmurant des incan-
tations. Ensuite, après avoir fait mille protestations
de respect au capitaine, il lui avait remis une longue
supplique.

— De la part de ceux qui souffrent, commandant,
qui attendent le passage du *Gargantua* et qui espèrent.

Le sens du message était clair. Un comité, qui s'inti-
tulait comité des déshérités de l'Egypte, suppliàit que
le pétrolier passât tout près de sa rive, aussi près que
la profondeur du chenal le lui permettrait, et que son
commandant eût l'insigne bonté de faire ouvrir en
grand les jets d'eau, pour asperger les malheureux qui
croyaient en son merveilleux pouvoir.

— Vous ne pouvez pas décevoir ces pauvres gens
qui attendent notre passage depuis des heures, certains sans doute depuis des jours, lui avait dit Guillaume, indigné devant l'attitude hésitante du capitaine.

David était également de cet avis. Après avoir passé
la plus grande partie du voyage autour du réacteur,
ou dans sa cabine à lire ses livres favoris, il était monté
sur le pont un peu avant Port-Saïd et regardait la mer
de l'air indifférent qu'il accordait aux spectacles de la
nature.

— Cela ne vous coûte rien, ou presque rien, commandant. Et n'oubliez pas qu'il y a eu déjà deux
miracles.

Müller avait haussé les épaules, suivant son habitude
chaque fois que le mot miracle était prononcé, mais
avec moins de mauvaise grâce qu'autrefois.

— Je verrai ce que j'ai à faire, avait-il conclu.

Maintenant, il voyait. A peine *le Gargantua* s'était-il
engagé dans le canal qu'une multitude hétéroclite lui
était apparue à tribord sur la rive égyptienne, tendant
des bras implorants vers le navire qui la dominait
de sa prodigieuse stature, semblable à un vaisseau de
l'air prêt à prendre son essor. Tous les déshérités du

pays semblaient s'être donné rendez-vous là. Certains
étaient vêtus de haillons, d'autres à demi nus. Müller
pouvait reconnaître les silhouettes des mendiants, des
infirmes qui l'assaillaient autrefois quand il faisait
escale dans un port d'Orient. L'ensemble donnait une
impression de grande misère. Il y avait aussi quelques
personnages plus cossus, habillés à l'européenne, qui
se tenaient à l'écart, non loin de voitures alignées un
peu en retrait dans un parc improvisé. D'autres encore,
vêtus de burnous, venaient du désert. Leurs chameaux
entravés fixaient eux aussi du regard l'apparition
majestueuse du *Gargantua*.

A mesure que le navire s'approchait, suivant de très
près la rive, dangereusement même, jugea le capitaine,
il observait des détails qui lui avaient échappé et qui
motivaient son effarement.

— Que diable est ceci? répéta-t-il.

A perte de vue, la berge était comme cloisonnée,
perpendiculairement au canal, par des sortes de barrières, se prolongeant assez loin vers l'intérieur,
barrières de formes diverses, depuis une simple corde
tendue entre des piquets jusqu'à un réseau serré de
fils de fer.

— Des paroisses; des sectes différentes déjà, murmura David, que ce spectacle semblait intéresser beaucoup plus que le plus beau des paysages.

— Je crois que vous avez raison, dit Müller. Et
voici sans doute les prêtres.

Dans chacune de ces parcelles de terrain, debout au
milieu de la foule agenouillée, dans l'attitude qui faisait
penser à un professeur surveillant ses élèves, mais
avec quelque chose de la solennité d'un prêtre, se
tenait un personnage de blanc vêtu, qui criait des
commandements. Il réglait ainsi le rythme de litanies que les groupes reprenaient en chœur en différents dialectes. Chaque refrain était une prière pour
obtenir de l'eau.

Le Gargantua était maintenant assez près d'un de ces personnages pour que Müller pût détailler son costume, dont seule la blancheur l'avait frappé de loin. Il reconnut avec stupeur une sorte de combinaison semblable en tout point à celles qu'on faisait endosser aux visiteurs de marque dans les centrales nucléaires, avant de les amener dans certains compartiments, celles-là même que David et son personnel revêtaient parfois pour des raisons de sécurité. Les prêtres de la religion nouvelle avaient tous adopté cette sorte d'uniforme, qui leur conférait une autorité visible.

— Il faut faire donner les jets d'eau, commandant, insista David.

Müller s'y décida en maugréant. Sitôt l'ordre reçu, les lances projetèrent des torrents d'eau sur les premiers groupes. Une clameur immense s'éleva du désert pour saluer ce baptême. L'eau sacrée parvenait jusqu'à ceux qui ne pouvaient trouver une place au bord du canal, car le pilote avait encore apporté une très légère correction à la marche du navire pour le rapprocher de la rive.

— Cet abruti va nous faire échouer! s'écria Müller, furieux.

— Tout ira bien, affirma David. Regardez cette piété.

Il n'avait d'yeux, lui, que pour la foule, et le spectacle insolite, voisin de l'hystérie, qu'elle donnait parvint à distraire un moment le capitaine de ses craintes.

— J'ai vu autrefois des hindous se baigner dans l'eau sacrée du Gange, murmura encore David. C'était la même ferveur.

L'attitude des pèlerins rendait en effet naturelle cette comparaison. Hommes et femmes manifestaient la même frénésie pour offrir leur corps à l'eau miraculeuse, leurs vêtements bientôt collés au corps, buvant le liquide qui semblait les enivrer. Des femmes offraient au jet leur nourrisson nu presque jusqu'à l'asphyxie, et la clameur se propageait tout le long du canal, au fur et à mesure de la progression du navire. Quelques-uns couraient le long de la rive pour ne pas laisser perdre une goutte. Quand ils étaient arrivés à la barrière qui limitait leur paroisse, le prêtre avait grand-peine à les empêcher de la franchir, tandis que ceux du domaine suivant tendaient des bras frénétiques pour recevoir plus tôt le jet. Ensuite, quand le navire était passé, certains lançaient un seau attaché à une corde dans les vagues et les remous que *le Gargantua* olympien laissait derrière lui. Un de ces forcenés se précipita lui-même dans le canal et tenta de suivre le bateau, s'approchant si près de sa poupe qu'il manqua de peu d'être broyé par l'hélice.

— Mais la plupart de ces gens ne sont pas des infirmes, ni des malades, physiquement du moins, s'écria Müller. Ce sont des fous!

— Ce ne sont ni des malades ni des fous, dit David, ce sont des croyants.

Ces scènes de folie se reproduisirent tout au long des premiers kilomètres, mais le capitaine n'y faisait plus attention. Il avait bien d'autres soucis. La route que le pilote faisait suivre au pétrolier lui paraissait d'une imprudence folle. A chaque instant, il faisait sonder la profondeur du chenal et il pâlit à plusieurs reprises en constatant que la marge de sécurité ne dépassait pas parfois quelques centimètres. A chaque instant, il s'attendait à le sentir s'échouer et il devait prendre sur lui pour ne pas admonester le pilote, retenu seulement par la crainte que la moindre seconde d'inattention de sa part pût précipiter l'accident qu'il redoutait.

Quand *le Gargantua* eut dépasé le dernier groupe des pèlerins hurlants, quand les lances eurent cessé d'arroser une berge redevenue déserte, quand enfin le pilote eut écarté *le Gargantua* de la rive et gagné des eaux plus profondes, le capitaine Müller essuya son front ruisselant de sueur et respira plus librement.

— Des fous, je l'ai dit, murmura-t-il, et notre pilote n'est pas le moins délirant. Je ferai un rapport. C'est un véritable miracle que nous ne nous soyons pas échoués.

Il se mordit la langue, furieux du mot qui lui avait échappé. David le releva sur un ton indifférent.

— Vous voyez bien, commandant, dit-il. Vous aussi, vous commencez à parler de miracle.

III

Pendant que *le Gargantua* parcourait les mers pour approvisionner l'Europe en pétrole, ce qui était encore sa principale raison d'être en ce monde, Mme Bach, ayant vu sur place ce qu'elle voulait voir, était rentrée à Paris, frémissant d'impatience, le cerveau enfiévré par les nouveaux projets qui s'échafaudaient dans son esprit, et farouchement décidée à les faire approuver par son conseil.

Elle possédait à fond un art subtil dans la présentation de ses idées, une puissance de persuasion considérable et une telle réputation de flair pour les affaires audacieuses que, après leur premier effarement devant la proposition de construire un établissement de bains alimenté par l'eau du pétrolier nucléaire et toutes les dépendances que cet édifice impliquait, les têtes pensantes de la compagnie sentirent qu'il y avait là matière à réflexion et approuvèrent au moins sa décision d'en faire faire une étude complète par des experts. A partir de cet instant, une sorte de flamme se propagea dans tous les bureaux, où l'on ne vit plus

que des fronts soucieux abritant des cerveaux plongés
dans de graves spéculations techniques, sociales et
financières, au sujet de l'édification d'un complexe
pour pèlerins en quête de miracles.

Mme Bach surveillait de près la progression de ces
études et les orientait suivant son propre esprit, qui
répugnait à la petitesse, ce qui fit que ledit complexe
avec ses dépendances prirent bientôt une ampleur singulière.

Bien sûr, ces projets suscitaient d'entrée de jeu des
objections. La principale était que, selon toute probabilité, il ne se produirait plus de guérison spectaculaire, ce qui, peu à peu, découragerait curistes et
curieux. Alors, non seulement les installations abou-
tiraient à une perte sèche pour la compagnie, mais
celle-ci deviendrait la risée de tout le pays. Maurelle,
que Mme Bach avait appelé à la rescousse à Paris pour
donner son avis en qualité d'expert connaissant le
mieux les circonstances des événements passés et les
mille facettes de l'opinion publique, Maurelle, soutenu
par la présidente, combattit avec force cette éventualité, exposant les raisons pour lesquelles il était
parvenu à la conclusion qu'il se produirait de nouveaux miracles. Ce fut lui qui prépara l'allocution que
madame la présidente prononça au cours d'une confé-
rence réunissant les membres du conseil.

— Le miracle est une question d'atmosphère,
déclara-t-elle. Or, l'atmosphère est là, propice s'il en
fut, peu à peu créée et fortifiée par l'apparition en ce
monde du nucléaire. On a commencé à en sentir les
effluves avec l'équation d'Einstein, chargée de mystère pour la plupart des esprits. Ensuite, l'holocauste
d'Hiroshima a fait sentir la réalité sous le mystère.

Ce n'étaient pas là les paroles habituelles d'un pré-
sident-directeur général, mais Maurelle, qui avait déjà
fréquenté quelques administrateurs au cours de sa
carrière, estimait qu'ils sont portés à adorer un lan-

gage les changeant de leurs préoccupations routinières. Mme Bach, après réflexion, l'avait approuvé, et l'attention avec laquelle les autorités écoutaient ses paroles semblait leur donner raison. Elle poursuivit :

— L'impression quasi religieuse s'est accentuée avec le cadre romantique que la technique a dicté aux bâtisseurs des centrales, ces tours gigantesques, bien vite comparées à des tours de cathédrale, qui se sont inscrites dans beaucoup de paysages de France; un cliché répété des milliers de fois dans tous les journaux, certes, mais qui s'est imposé peu à peu. Il y avait, je vous le dis, il y a dans le nucléaire un élément spirituel dont la puissance coercitive est propre à soulever les foules et à enflammer les imaginations. Rappelez-vous l'importance démesurée que l'opinion publique a accordée à ces premiers projets de centrales. Elle s'est enflammée tout d'un coup et l'E.D.F. stupéfaite a été prise au dépourvu par cette soudaine explosion.

— Explosion nettement hostile à cette époque, fit remarquer un des administrateurs.

— Certes, mais qui ne demandait qu'à se transformer. Et une émotion aussi intense ne pouvait se métamorphoser qu'en adoration, comme nous voyons qu'elle est en train de le faire en ce moment. Le sujet portait en son sein un détonateur de passions violentes, un potentiel exceptionnel pour provoquer des miracles, s'il s'oriente dans un certain sens.

Elle continua à discourir dans ce style et la plupart des administrateurs étaient sous le charme. L'aura mystérieuse distillée par le nucléaire commençait à envahir ces personnages habitués à discuter sur des chiffres et des statistiques, mais qui cachaient presque tous dans un recoin de leur âme un appétit feutré de romantisme.

— Votre conclusion, madame la présidente, demanda une des plus hautes autorités, comme elle marquait une pause.

— Ma conclusion, vous la connaissez déjà : une foi est née, c'est l'essentiel en ce monde. Elle a commencé à se tourner contre nous. Il a suffi d'un hasard heureux peut-être pour en faire notre meilleur auxiliaire. Une foi capable de tels bouleversements devait fatalement engendrer des miracles. Elle en a suscité. Elle en provoquera d'autres. Le feu qu'elle a allumé ne s'éteindra pas de sitôt. Ma conclusion est que nous devons construire cet établissement thermal, le prévoir assez grand pour qu'il puisse satisfaire les aspirations de toute la nation, et qu'il faut en même temps bâtir une cité autour. Cela implique un nouveau calendrier pour notre *Gargantua*, de façon qu'il puisse faire des séjours prolongés à quai et répandre ses bienfaits sur une légion de malheureux.

La plupart des membres du conseil étaient conquis par ce langage. Ils étaient même séduits à tel point que le rapport technico-financier qu'elle fit développer ensuite par ses experts ne fut examiné que superficiellement. Ce rapport, rédigé à la suite d'une étude sérieuse, se terminait par une conclusion optimiste. Il démontrait d'abord que les pertes subies à cause de l'immobilisation du pétrolier seraient sans doute compensées par les seuls bénéfices retirés de l'établissement thermal et surtout de ses annexes. Il analysait ensuite un grand nombre de données, secondaires certes, mais dont le planificateur expert doit tenir compte. Celles-ci étaient toutes en faveur du projet. L'une était que, le pétrolier naviguant moins, sa vie serait prolongée bien au-delà de la durée moyenne de ces sortes de navires, qui n'excédait pas en général une quinzaine d'années, d'où une révision complète et bénéfique du programme d'amortissements prévu. Une autre, que l'entretien du *Gargantua* serait beaucoup mieux fait avec un rythme moins précipité de

croisières, d'où une nouvelle prolongation de son existence et un risque bien moindre de fuites comme il
s'en produisait souvent sur les autres pétroliers
géants. Des tableaux de chiffres étaient présentés pour
chacune de ces données, que les administrateurs regardèrent d'un œil négligent. La conclusion leur suffisait.

Mme Bach ajouta alors qu'il fallait agir très vite,
de façon à ne pas laisser éteindre la flamme et ne pas
décourager les pèlerins qui attendaient sur place le
retour du navire. D'après elle, au moins une première
tranche de travaux devait être exécutée dans les plus
brefs délais et ce plan fut approuvé avec le même
enthousiasme.

Entrepreneurs, architectes et ingénieurs se mirent
aussitôt à l'œuvre. Une armée de bulldozers et autres
machines géantes fut expédiée sur le quai du *Gargantua* et, le terrain préparé en quelques jours, la
construction du premier édifice de ce genre fut entreprise, pendant que d'autres engins s'attaquaient à celle
de dortoirs pour loger les pèlerins, de restaurants, de
deux hôtels et d'un certain nombre de bâtiments destinés à abriter divers commerces, que l'esprit prévoyant de Mme Bach avait eu garde de ne pas oublier.

Les pèlerins restés sur place s'émerveillaient de voir
ces travaux menés avec une telle célérité. Ils y voyaient
la preuve qu'ils n'étaient pas oubliés et l'espoir leur
permettait de supporter l'absence de leur idole sans
trop de mélancolie. Ils déménagèrent leur tente ou
leur cabane un peu en retrait du tumulte des bâtisseurs et attendirent avec patience le retour maintenant
certain du *Gargantua*.

IV

Quelques mois plus tard, les travaux étaient assez avancés pour que la cité nouvelle pût enfin accueillir dignement *le Gargantua*. Celui-ci était attendu dans une quinzaine, après avoir fait plusieurs aller et retour au pays du pétrole, sans faire escale. Maurelle avait pu emménager dans un des hôtels, dont une section était déjà habitable. Sa mission était de régler diverses formalités avec la mairie pour la gestion de l'établissement thermal et de surveiller certains détails du complexe auxquels Mme Bach attachait beaucoup d'importance. Ces dernières fonctions lui plaisaient et il y consacrait la plus grande partie de son temps, les relations publiques ne lui demandant maintenant presque plus de travail. Elles étaient devenues si amicales qu'elles ne pouvaient guère être améliorées.

En fait, il nageait dans l'euphorie et riait tout seul ce soir-là en constatant que le texte qu'il était en train de composer était d'une facilité dérisoire, alors qu'un papier analogue lui apparaissait souvent autrefois comme une corvée. Il rédigeait une plaquette publicitaire destinée à étouffer les velléités de protestation des derniers adversaires du pétrolier nucléaire, car il subsistait tout de même un groupe d'irréductibles, au premier rang desquels le professeur Havard. Ils n'osaient pas trop élever la voix, de crainte de heurter le sentiment populaire, mais menaient encore une campagne dans l'ombre. Il écrivit :

« Le temps n'est pas très éloigné où nos adversaires, quelques-uns ignorants, d'autres mieux au fait des méthodes scientifiques mais aveuglés par leur haine morbide de toute innovation, soutenaient que nos réacteurs nucléaires allaient provoquer une suite sans fin de troubles pathologiques. Nous avions toujours affirmé le contraire. Quand on nous accusa de rendre l'eau dangereusement radioactive, nous avons prouvé par une série de mesures et d'analyses que la radioactivité de l'eau, après passage dans notre navire, était rigoureusement... »

Son sourire se figea et il fronça le sourcil. Poussé par la force de l'habitude il allait écrire : était rigoureusement nulle.

— Idiot, marmonna-t-il, quelle gaffe!

A la lumière des récents événements, cette affirmation lui paraissait d'une maladresse insigne. L'adjectif « insignifiante » qui se présenta ensuite à son esprit ne lui parut pas davantage adéquat.

— La publicité doit s'adapter aux circonstances, murmura-t-il encore. Plus question de soutenir aujourd'hui que le réacteur ne modifie pas le caractère de l'eau, ...une eau avec laquelle il n'a d'ailleurs aucun contact; mais ceci est un détail sans importance.

C'était un point délicat, dont l'exposé nécessitait du tact et une certaine ingéniosité. Il hésita longtemps, puis se décida.

« La radioactivité de l'eau, après passage dans le voisinage de notre réacteur, est beaucoup trop faible pour exercer des effets nocifs. Mais ce que nous n'avions pas proclamé... »

Il réfléchit encore un moment, avant d'écrire, d'un trait cette fois :

« Ce que nous n'avions pas divulgué, parce que nous n'en avions pas encore la preuve expérimentale et que, pour nous, aucune théorie scientifique ne peut être admise si elle n'est pas confirmée par l'expérience, ce que nous avions gardé secret, mais que certains de nos chercheurs les plus qualifiés soupçonnaient depuis quelque temps, c'est que cette très faible radioactivité de l'eau acquise dans le voisinage de nos réacteurs (une dose homéopathique en quelque sorte) pouvait avoir dans certaines conditions des effets bénéfiques considérables. »

— Müller ne serait pas d'accord, commenta-t-il, son sourire retrouvé, mais je suis sûr que David ne me désavouerait pas et que Mme Bach aimera cette formule.

Il relut ce paragraphe, remplaça « faible radioactivité » par « irradiation infinitésimale » et « effets bénéfiques considérables », qui lui paraissait tout de même un peu gros au stade actuel, par « effets bénéfiques non négligeables, quoique difficilement prévisibles dans l'état actuel de la science ».

Le reste était facile et vint naturellement sous sa plume :

« Aujourd'hui, l'expérience est venue confirmer de façon magistrale l'intuition raisonnée de nos chercheurs... »

Il rappela la guérison de la boiteuse. Point n'était besoin de s'appesantir. On en connaissait tous les détails et on en parlait encore chaque soir dans les foyers. Il passa assez rapidement sur celle de l'aveugle, s'attarda un peu sur des phénomènes moins connus, comme les pêches miraculeuses faites autour du pétrolier, renvoyant les lecteurs à des photos mettant en valeur les plus belles pièces.

Puis il se mit à rêver. Il ne voyait rien à ajouter

pour l'instant. Il le regrettait, car il se sentait en forme.

— Attendons la suite, murmura-t-il. Elle viendra, j'en suis sûr. Il faudrait quelque chose de vraiment sensationnel pour couronner ce bel édifice.

Comme cela lui arrivait souvent quand il avait composé un texte destiné au public, il ressentait l'envie de le transposer en un autre plus léger, pour sa satisfaction personnelle. Mais il avait pris l'habitude depuis quelque temps d'écrire ces rêveries sous forme de lettres adressées à Martine, l'amie dont l'abandon troublait parfois de nuages son euphorie présente. Cette fois encore, il céda à cette impulsion. Après avoir présenté les récents événements en les enjolivant quelque peu au hasard de son imagination, il écrivit :

« Tout cela, ma chère âme, peut s'expliquer. Des hommes de science et non des moindres, des savants réputés, tous les nouveaux gnostiques, des romanciers et même des religieux comme le père Teilhard ont attribué à l'atome des qualités psychiques, intellectuelles. Je ne vois pour ma part aucune raison de ne pas lui conférer aussi des qualités morales. Je crois que c'est à peu près ce que pense David et il n'est pas plus fou que les autres. Ainsi, tout devient clair. Il est certes présomptueux de faire des extrapolations aléatoires, mais il n'est pas interdit de rêver à quelques possibilités suggérées par le pouvoir magique de notre *Gargantua*. Autrefois, il eût été considéré comme folie de concevoir l'existence de poissons sans arêtes, mais après les événements survenus lors de son dernier séjour ici, on ne peut plus repousser a priori cette éventualité. Des mutations de cette sorte, ma chère âme, ne sont pas plus extraordinaires que le fait de rendre la souplesse de ses membres à une infirme et la vue à un aveugle. »

Il élabora encore quelques élucubrations de la même veine, parmi lesquelles il était question d'anguilles abandonnant leur migration millénaire vers la mer des Sargasses, après avoir découvert un pôle d'attraction plus puissant dans les eaux des navires à propulsion nucléaire. Il allait en rajouter, se sentant en verve, quand une femme de ménage vint lui apporter un long câble de David, à qui il avait demandé de le tenir au courant de la dernière croisière du *Gargantua*. Le message était rédigé en un style qui n'avait rien de télégraphique et qui fit sourire Maurelle. Y était décrit l'accueil toujours enthousiaste des foules, lors de la dernière traversée du canal. Il se terminait ainsi :

« Pendant les opérations de chargement sur la plate-forme de l'oléoduc, nous avons eu vent d'une rumeur qui est en train de se propager tout le long du canal et sur les bords de la mer Rouge. Un nouveau miracle se serait produit. Il n'est pas encore ébruité, dans l'attente du verdict des médecins, mais il ne semble pas faire de doute pour le malade et pour ses proches. Cette fois, mon ami, il s'agit bel et bien d'un homme atteint de cancer. Je n'ai pas besoin d'insister sur l'importance de cette nouvelle manifestation. Je pense, j'espère, je suis sûr en fait que cela sera confirmé bientôt dans les journaux et sur les ondes. Tous, à bord, nous nous réjouissons, même le capitaine Müller dont le scepticisme me semble bien ébranlé. A vous, mon cher ami, dont je connais les pensées secrètes, je souhaite une pareille conversion. A bientôt. »

— Inespéré! s'écria Maurelle, en émettant un long sifflement. Il eût été mauvais que ces pèlerins du canal n'obtinssent pas eux aussi la récompense de leur foi. Un cancéreux! C'est le couronnement.

Il hésita à rajouter quelques lignes à sa plaquette publicitaire, mais remit ce soin à plus tard, dans l'attente de la confirmation scientifique dont parlait David.

Il relut la lettre fantaisiste écrite pour Martine et fit la moue. A quoi bon l'envoyer? En quoi ces balivernes pouvaient-elles l'intéresser? Lisait-elle seulement ces élucubrations? Elle n'avait jamais répondu une seule ligne. Il fit mine de déchirer les feuillets, puis se ravisa avec un soupir et les glissa dans une enveloppe en maugréant : après tout, cela ne peut pas faire de mal.

— Dieu me pardonne, voilà que je parle à mon tour comme un évêque, commenta-t-il en se couchant.

V

La flottille de marins pêcheurs qui avaient salué son départ était là au complet pour accueillir *le Gargantua* et lui faire fête. Elle ne cessa de tourner autour de lui pendant tout le temps qu'il déchargeait sa cargaison dans l'oléoduc, reprenant peu à peu sa stature de titan au-dessus des eaux. Délesté, majestueux, le navire recevait ces hommages avec la bonne grâce teintée de condescendance d'une vedette maintenant habituée aux honneurs, mais qui ne les dédaigne point. Le soir venu, les pêcheurs l'escortèrent jusqu'au quai, où il fit une entrée triomphale devant une foule en liesse.

Dès que la terre fut proche, Müller put vérifier que les rapports reçus tout au long du voyage n'étaient en aucune façon exagérés. Quand le navire, après une assez longue manœuvre, se fut rangé à la place qui lui était assignée, quand le capitaine commença à descendre les degrés de la passerelle, salué par une ovation qui se répercutait sur des kilomètres, il ne put empêcher l'émotion de prendre le pas sur l'ébahis-

sement qui l'avait saisi, alors qu'il constatait la métamorphose survenue dans l'environnement pendant
son absence.

Maurelle avait préparé ce retour avec un mélange
artistiquement dosé de romantisme et de réalisme,
le présentant comme un événement d'une portée
considérable, aussi bien sur le plan humain que sur le
plan touristique. Sa campagne de publicité annonçait
depuis longtemps l'arrivée du pétrolier nucléaire et
son séjour à quai pour une longue période afin
d'apporter l'espoir aux infirmes et éventuellement de
les guérir de leurs maux. Elle vantait en même temps
le confort des installations prévues pour héberger les
pèlerins et les touristes. Aussitôt la nouvelle connue,
une marée humaine avait déferlé vers la mer et toutes
les réservations possibles avaient été faites en moins
de quarante-huit heures.

Dans sa hâte d'inaugurer la nouvelle cité, Mme Bach
avait eu beau harceler les entrepreneurs, ceux-ci
n'avaient encore pu réaliser le plan dans sa plénitude.
Beaucoup des édifices prévus étaient provisoires,
mais ce provisoire figurait déjà l'ossature de la ville
future, était déjà en mesure d'abriter une foule assez
nombreuse et de subvenir à ses besoins ainsi qu'à ses
fantaisies, de façon telle que l'immobilisation du
Gargantua se révélât une opération rentable.

Flanquée du maire de la commune, de son premier
adjoint, la boiteuse, et de quelques autres personnalités, Mme Bach accueillit le capitaine au bas de la
passerelle. Elle ne voulait laisser à personne le soin
de faire les honneurs de l'ensemble que *le Gargantua*
était destiné à animer. Auparavant, elle avait prévu
une petite cérémonie propre à frapper les esprits. Suivant des instructions reçues pendant le voyage de
retour, l'équipe des électriciens de Guillaume s'était
mise à l'œuvre avant même que le bateau fût solidement amarré. Pendant que les autorités souhaitaient

la bienvenue à l'équipage, ils déroulaient des câbles depuis le tableau du *Gargantua* et les fixaient à un pylône planté sur le quai. Un pupitre provisoire installé sous le pylône commandait l'éclairage de la ville et de ses principaux bâtiments. Les branchements furent exécutés en un tournemain, avec la compétence et la célérité qui caractérisent les techniciens de la marine. Mme Bach s'assura d'un coup d'œil que tout était prêt.

— C'est à vous, commandant, que revient cet honneur.

Il avait été prévu qu'elle-même ferait jaillir la lumière. Au dernier moment, elle se ravisa, son instinct lui suggérant qu'il était préférable pour elle de rester dans la coulisse et de mettre en valeur le personnage qui régnait sur le pétrolier géant.

Müller apprécia ce geste, remercia et appuya sur un bouton. Aussitôt, les lumières de la cité brillèrent dans le crépuscule tandis qu'une nouvelle acclamation jaillissait de tous les points du quai. Le capitaine, de plus en plus ému, retint avec peine une larme.

— Venez visiter nos aménagements, commandant, dit Mme Bach. Vous verrez que nous n'avons pas perdu de temps en votre absence. Ce n'est pas complètement achevé, mais l'essentiel est là.

Elle lui prit le bras et, suivie par les autorités, l'entraîna vers l'établissement de bains, à peu près terminé, lui. C'était une sorte de très longue piscine, parallèle au quai, entièrement couverte, dont les bords en escalier permettaient à des porteurs de descendre les civières des malades. De chaque côté de ce canal se trouvaient les dortoirs destinés aux pèlerins et quelques chambres individuelles confortables pour les plus fortunés. Le cortège, Mme Bach et le capitaine en tête, défila à pas lents le long de l'établissement.

— Ces dortoirs sont pleins, commandant, dit le maire. Nous avons dû, hélas! refuser des malades. Je crois, madame la présidente, qu'il serait opportun de prévoir une extension.

— Je fais étudier des plans pour doubler ce bâtiment. Mais nous allons pouvoir assister aux premières baignades. Voici que l'eau de votre *Gargantua* est prête à couler pour la première fois dans la piscine.

Là aussi, des instructions précises avaient été transmises depuis longtemps à bord du pétrolier et, dès l'arrivée, une équipe de marins ajusteurs avaient raccordé les lances du *Gargantua* à la tuyauterie de la piscine.

— A vous encore le soin d'ouvrir ces vannes, commandant.

Müller s'exécuta. Un torrent d'eau jaillit, établissant un courant continu, salué par de nouveaux bravos dans les dortoirs. Des infirmiers en costume blanc commencèrent à descendre les civières des grands infirmes et à les immerger à plusieurs reprises.

— Vous remarquerez, monsieur le maire, dit Mme Bach, que l'ordre et l'hygiène règnent maintenant partout. Quelle différence avec le laisser-aller d'antan!

— Je ne doutais pas que ce serait le cas à partir du moment où vous prendriez la responsabilité de l'affaire, madame la présidente.

C'était exact. La compagnie avait veillé à ce que l'organisation fût irréprochable. Les dortoirs et la piscine étaient d'une propreté parfaite. Seule la limpidité de l'eau laissait un peu à désirer. C'était, comme prévu, de l'eau de mer ayant seulement subi un filtrage grossier et légèrement échauffée au cours de son passage dans le navire. Il avait été question d'installer une station d'épuration plus sérieuse à l'entrée de la piscine, mais Maurelle avait combattu ce projet, après avoir pris de nombreux contacts avec la foule des pèlerins. Il entraînait la réprobation générale. Tous

tenaient à ce que l'eau ne subît aucun traitement qui
eût risqué d'en contrarier les vertus.

— Laissons-les se baigner ce soir et toute la nuit
s'ils le désirent, dit encore Mme Bach. Ils attendent cet
instant depuis si longtemps. Demain, nous ferons
respecter un emploi du temps plus rigoureux.

Parvenu au bout de la piscine, le cortège pénétra
dans une chapelle aménagée à la suite du bâtiment
principal. Elle était presque déserte à cette heure, mais
une profusion de cierges y brûlaient. Plus loin, une
salle était prévue pour l'installation d'un musée, mais
les travaux d'aménagement n'étaient pas terminés et
il n'était pas encore ouvert au public.

— Ce sera le domaine de la boiteuse, murmura
Mme Bach à l'oreille du capitaine. La compagnie l'a
engagée. Nous nous devions de lui donner un emploi.
Elle a accepté avec reconnaissance. Elle s'occupera
du musée et pourra aller se recueillir à sa convenance
dans la chapelle qui le jouxte.

Pour le présent, la collection du musée comprenait
seulement la béquille de la boiteuse, les lunettes de
l'aveugle et quelques photographies. Mais une quantité
de pitons fixés aux murs et de vitrines prêtes à recevoir
de nouveaux souvenirs témoignaient de l'espoir et de
la prévoyance des organisateurs, de Maurelle en particulier.

— Venez, commandant, dit Mme Bach. Ce n'est pas
tout. Nous avons encore bien d'autres réalisations intéressantes à vous montrer.

VI

Après lui avoir fait admirer une large avenue, déjà asphaltée, qui devait être l'artère principale de la cité, Mme Bach entraîna Müller dans un bâtiment de dimensions imposantes, construit en un temps record avec des matériaux préfabriqués. L'intérieur ressemblait un peu à une librairie avec de multiples rayons, mais la plupart étaient vides. Un personnel nombreux s'y agitait. C'était l'heure de la fermeture. Certains des employés étaient en train de tirer des rideaux de fer; d'autres apportaient des caisses roulantes, dont ils déclouaient les couvercles, provenant d'un hangar jouxtant le bâtiment.

— La boutique, dit Mme Bach, d'un air mystérieux. Maurelle s'en est occupé lui-même et elle est assez bien achalandée.

Un très jeune homme, assis à un bureau et en train de faire des comptes, se leva précipitamment et salua les visiteurs avec respect.

— Je vous présente notre gérant, commandant; un

garçon d'avenir. La journée a-t-elle été bonne,
Georges?

— Excellente, madame la présidente. Voyez vous-
même. Presque tous nos rayons sont vides. Ce matin,
ils étaient pleins. Je prévois que nous aurons encore
plus de monde demain. Si cela continue, nos stocks
seront épuisés en quelques jours.

— Cela continuera, dit Mme Bach. Je l'ai prévu
ainsi... Pas un tel engouement, tout de même.

Le front soucieux, elle donna des instructions
rapides à Maurelle, qui la suivait comme son ombre.
Celui-ci prit note de faire expédier d'urgence d'autres
marchandises. Pendant ce temps, les vendeurs avaient
ouvert les caisses et en plaçaient le contenu sur les
rayons.

— Qu'est-ce que ceci? demanda le capitaine, inter-
loqué.

— Vous le voyez, commandant : des cartes postales
de différentes tailles. La qualité, vous pouvez le vérifier,
ne peut se comparer avec la camelote vendue autrefois
par les marchands ambulants. J'en avais prévu un
stock très important; pas encore assez, à ce qu'il
apparaît. En voici de superbes, en couleur. Elles montrent votre *Gargantua* dans toute sa splendeur. Regardez cette perspective sur la proue, qui donne une
impression d'infini. Voici quelques clichés de l'intérieur du réacteur en cours de montage. Elles ont beaucoup de succès. Et voici des photos de la boiteuse,
avant et après le miracle.

— Mais ce n'est pas tout, interrompit le maire, qui
paraissait ravi d'assister à ce déballage. Les cartes
postales, c'est pour envoyer aux amis. Pèlerins et touristes veulent pour eux des souvenirs plus durables.
Voici des maquettes en métal de votre pétrolier, fort
bien faites, ma foi.

— Elles coûtent assez cher, dit Mme Bach, mais ce
sont de véritables petits bijoux, exécutés par des spé-

cialistes. Une reproduction exacte du navire. Pas une pièce ne manque.

— Est-ce tout? demanda Müller.

— Certes non, commandant, intervint le jeune Georges. Nous avons tenu à présenter une gamme d'objets très étendue et à la portée de toutes les bourses. Voici des assiettes peintes, des briquets, des vases, des verres. Voici encore une foule de bibelots variés : des porte-cartes, des porte-cigarettes, des porte-clés...

— Des porte-bonheur, interrompit le capitaine sur un ton neutre.

— Et pourquoi pas? déclara Mme Bach. Les images peintes sur ces objets ont été exécutées par des artistes, et toutes rappellent les événements qui ont abouti à la gloire de votre navire. Voici encore des carafes ornées de dessins, dans lesquelles les pèlerins pourront emporter un peu de votre eau.

— Des amulettes, des grigris, continua Müller sur le même ton.

— Ne soyez pas choqué, commandant, dit Maurelle. On trouve les mêmes bibelots dans tous les lieux saints.

— Les lieux saints! s'écria le capitaine au bord de l'indignation. Les lieux saints!

Puis il se calma tout d'un coup et admit, après avoir réfléchi :

— C'est vrai. On trouve les mêmes objets dans les lieux saints.

— Et cela n'empêche pas la foi, dit la boiteuse. Ce sont les paroles même du curé, à qui j'ai demandé son avis au sujet des photos qui me représentent.

— C'est vrai, répéta encore Müller. Cela n'empêche pas la foi.

— Commandant, intervint Mme Bach, je devine que vous désapprouvez ce négoce. Savez-vous ce qui m'a décidé à l'autoriser? Vous pensez au profit, sans doute?

Je ne le nie pas. Mais l'argument décisif a été celui-ci :
si nous ne l'avions pas organisé nous-mêmes, il l'eût
été à notre corps défendant par une foule de mercantis sans scrupule, qui en auraient fait une honteuse
exploitation. Nous seuls pouvions le maintenir dans
des limites honnêtes. Je me suis promenée dans les
bidonvilles d'alors le jour de votre départ. Je l'ai
constaté et vous avez pu vous en apercevoir vous-
même. Déjà de misérables camelots proposaient à des
prix exorbitants une pacotille sale et repoussante. Vous
devez admettre que notre marchandise a une autre
allure et nos prix, je vous le garantis, sont des prix
honnêtes, étudiés pour nous laisser seulement un bénéfice raisonnable.

Mme Bach avait appris à connaître le caractère du
capitaine Müller, comme celui de tous les êtres qui
gravitaient autour d'elle. Elle savait qu'il fallait faire
appel à sa haine de la saleté et de la malhonnêteté pour
vaincre ses réticences. Il se rappela l'époque où il
faisait pourchasser les mercantis qui rôdaient autour
du *Gargantua*. Il en avait rossé un lui-même, un jour
qu'il s'approchait un peu trop près de son bateau.

Il regarda autour de lui, observa la propreté et
l'ordre méticuleux qui régnaient dans la boutique, les
livrées sans tache des employés, et dut convenir qu'un
commerce sérieux, bien organisé, était tout de même
préférable au honteux trafic d'antan. Mme Bach poussa
un soupir de soulagement. La conviction et la collaboration sans réserve de tout son personnel lui paraissaient indispensables au succès de son entreprise.

— Nous reparlerons de cela, dit-elle. Commandant,
vous devez être fatigué. Demain matin, je vous mon-
trerai le reste de nos installations. Ensuite, je vous
soumettrai le nouveau calendrier que j'ai fait étudier
pour *le Gargantua*. Si, comme je l'espère, il a votre
approbation, nous pourrons le présenter le soir à vos
officiers, au cours d'un dîner où je vous convie tous.

Ce sera une sorte d'inauguration pour notre nouvel hôtel, le seul, hélas! à peu près confortablement aménagé. Je vous entretiendrai aussi de nos autres projets pour l'avenir.

Müller remercia et, avant de rejoindre son navire, demanda avec une curiosité un peu inquiète :

— Dois-je comprendre, madame la présidente, que vous avez beaucoup d'autres projets?

— Nous en avons. Mais pour aller plus loin, il faudrait, il faudrait...

Elle hésita. Le maire acheva sa pensée.

— Vous comprenez sans doute, commandant. Il faudrait de nouveaux miracles.

Le capitaine se sentit rougir. Le maire lui avait adressé un clin d'œil qui semblait impliquer que miracles et futurs développements de la cité étaient placés sous la responsabilité du maître du *Gargantua*.

— Voilà, approuva Mme Bach.

— Je crois que nous ne serons pas déçus, madame, dit Maurelle. J'ai entendu un flash tout juste avant de venir sur le quai. Je n'ai pas encore eu le temps de vous en parler. Mais les quelques mots que j'ai pu distinguer dans un groupe de pèlerins tendent à prouver que la nouvelle est en train de se répandre. La guérison du cancéreux du canal semble confirmée par plusieurs médecins.

Impressionné, Müller ne fit aucun commentaire. Des murmures s'élevaient maintenant dans tous les groupes, propageant l'événement de la soirée. Les autorités se séparèrent en silence, également émues par ce nouveau geste de la Providence.

VII

Le miracle qui s'était produit lors du dernier passage du *Gargantua* dans le canal fournissait à Maurelle une merveilleuse occasion de conclure sa plaquette publicitaire par quelques lignes triomphantes. Tenu secret pendant quelque temps dans l'attente du verdict de la science, proclamé aujourd'hui dans le monde entier par toutes les radios, il était d'une importance capitale et devait avoir un impact considérable à la fois dans les palais et dans les chaumières. Il prouvait d'abord que le pouvoir magique appartenait en propre au *Gargantua* et n'était en aucune façon lié à des circonstances géographiques, comme certains écologistes l'avaient avancé. Moins brutal, moins spectaculaire que celui de la boiteuse, il était encore plus prodigieux dans le fond, estimait Maurelle en se frottant les mains, s'il pouvait exister une hiérarchie dans la catégorie des miracles. Il apportait un atout décisif en faveur de la politique du nucléaire, thèse que l'homme des relations publiques avait toujours soutenue, avec une apparence de conviction parfaite et

une ardeur qui faisait honneur à sa conscience professionnelle, même s'il arrivait au démon du scepticisme
qui le hantait parfois de s'interroger sur la valeur de
ses arguments.

Un miracle difficilement imaginable : un Egyptien,
atteint d'un cancer généralisé, non pas un loqueteux,
mais un Egyptien de la meilleure société, soigné par
des spécialistes qui lui donnaient tout au plus deux
mois de survie, avait été déclaré guéri par les hommes
de l'Art après avoir subi l'aspersion à tous les passages
du *Gargantua* dans le canal, car il était venu là à
chaque voyage, ayant la constance de la foi. La qualité
d'une célébrité mondiale, qui lui donnait des soins
et qui avait demandé plusieurs jours avant de se
prononcer, ne pouvait laisser planer la moindre ambi-
guïté sur la réalité du miracle. Son diagnostic était
catégorique. Il apportait cette fois des preuves indiscutables, sous forme de résultats d'analyses avant et
après l'événement, lesquels devaient dissiper les
derniers doutes même dans l'esprit du capitaine
Müller, même dans celui des autorités ecclésiastiques,
toujours soucieuses de ne pas s'engager dans une voie
comportant de possibles embûches.

Maurelle, pour sa part, se contentait de se réjouir.
Les cellules de son cerveau étaient ainsi agencées que,
lorsque des analyses médicales tendaient à faire
conclure à un miracle, il était, lui, invinciblement
incité à supposer que quelque erreur s'était glissée
dans ces analyses; mais ceci était une opinion qu'il
gardait pour lui. Toujours soucieux des intérêts de la
compagnie, il était décidé à tirer le meilleur parti
possible de l'événement. Installé en cette fin d'après-
midi à une terrasse de l'hôtel où devait avoir lieu
le dîner de Mme Bach, en attendant les invités, il
tenta de terminer sa plaquette publicitaire.

« On nous avait accusés d'exterminer les poissons.
Nous les faisons proliférer en nombre et croître en

grosseur. On nous avait accusés de provoquer des cancers. Aujourd'hui, nous pouvons affirmer : l'expérience prouve que, dans certaines circonstances, nous pouvons au contraire guérir des maux de cette sorte. La chaîne de ces événements, qui apparaissent comme des prodiges mais qui ont sans doute des causes naturelles, va-t-elle se rompre? Nous serions bien ingrats envers la Providence de nourrir un tel pessimisme. Je pense pour ma part que cette chaîne est solide et que nous n'avons encore été témoins que des faibles possibilités du miracle nucléaire. Je crois qu'il faut hardiment envisager pour l'avenir... »

Il s'interrompit et réfléchit quelques secondes.

— Du calme, murmura-t-il. Je me laisse aller. Ceci n'est pas bon pour les foules; trop gros.

Il essaya encore quelques phrases, mais cela ne marchait pas. Il était dans un état d'esprit qui nuisait au style publicitaire. Il remit l'achèvement de son texte à un jour où il se sentirait moins surexcité et se mit en souriant à composer une des lettres où il notait ses rêveries personnelles, pour l'amie ingrate qui ne les lisait sans doute pas.

« ... Je pense, ma chère âme, qu'il faut se garder d'être timoré et hardiment envisager pour l'avenir que le miracle nucléaire va se perpétuer et se développer dans le même sens qu'il a choisi jusqu'ici, je veux dire dans le sens paradoxal qui semble avoir été inspiré par une divinité narquoise, celui qui prend le contre-pied de toutes les prophéties. Or, que nous prédisait-on à propos de cet avenir? Au mieux, d'attaquer les chromosomes et de susciter ainsi la naissance d'une série d'enfants anormaux, pour aboutir à la création de générations de crétins. Après les événements dont nous avons été témoins, ne sommes-nous pas autorisés à conclure que la conscience cosmique (c'est une expression chère à David) va de nouveau bouleverser ce pronostic à la manière qu'elle a décidé d'adopter, c'est-à-dire en créant une race supérieure?

« Certains indices, ma chère âme, tendent à suggérer que le processus est en marche. Déjà, des familles laissent entendre que leur rejeton, conçu lors du premier séjour à quai du *Gargantua*, est d'une taille au-dessus de la moyenne, d'une beauté exceptionnelle et d'une étrange précocité... »

— Ceci n'est pas le fait de mon imagination déréglée, murmura-t-il encore. Je l'ai entendu chuchoter dans plusieurs foyers.

« ... Il n'est donc pas insensé de s'attendre à voir apparaître une génération de génies à l'ombre de notre réacteur. Et je ne suis pas le seul à envisager cette éventualité. Devant les allégations de ces familles, tous les curés des paroisses environnantes baptisent dorénavant les nouveau-nés avec notre eau, eau bénite par eux au préalable, certes, mais notre eau tout de même... »

— Pas tous, mais quelques-uns, commenta-t-il encore, je le sais. Il est bien permis d'extrapoler.

« ... Je soupçonne l'évêque d'avoir donné des instructions dans ce sens. En tout cas, il ne s'y oppose pas. Ce cher ecclésiastique (dont j'admire de plus en plus la prévoyance et le sens de l'opportunité) s'occupe activement de faire accélérer le procès en béatification de la boiteuse. Celle-ci mène par anticipation une vie de sainte. Je ne serais pas surpris qu'il y eût un jour une conclusion positive. Cela ne nous gêne en aucune façon. Nous gardons, le clergé et le nucléaire, notre domaine réservé. Nous ne nions pas une éventuelle intervention divine. L'Eglise ne repousse pas l'idée que *le Gargantua* a été choisi comme instrument de la Providence. Ainsi, ma chère âme, les bonnes gens sont satisfaits et, comme dirait encore David, tout est pour le mieux dans le meilleur des mondes possibles. »

Il releva la tête, ne trouvant pas grand-chose à ajouter à cette vision optimiste de l'avenir. Au-dessus de lui, des ouvriers travaillaient à l'édification des étages supérieurs. Deux autres hôtels étaient en cours de construction, ainsi que plusieurs restaurants, cantines, bungalows et quelques autres boutiques. Il resta longtemps absorbé par la contemplation du panorama qui s'étendait à ses pieds : une activité de fourmilière. La cité nouvelle s'enflait à chaque heure, semblait-il. Sur le quai, *le Gargantua*, dominateur et protecteur, la surplombait encore de haut.

Partout, la foule des pèlerins, des curieux, des touristes circulait dans l'ébauche des rues et des allées. Elle grouillait aussi bien au-delà de l'enceinte actuelle de la cité car, les centres d'hébergement étant insuffisants, un camp provisoire s'étendait au loin. Maurelle calcula que la compagnie devrait faire encore un gros effort pour pouvoir accueillir tout ce monde lors de la prochaine visite du *Gargantua*. Il estima que la compagnie y parviendrait, sous l'impulsion de Mme Bach, qui avait abandonné la plupart de ses autres affaires pour s'occuper uniquement de celle-ci.

Ces réflexions déclenchèrent en son esprit un autre train de pensées, qui demandaient, lui semblait-il, à être exprimées. Mais il avait déjà cacheté la missive destinée à son amie. Et puis, en admettant que quelques-unes de ses précédentes élucubrations aient pu la faire sourire, ces nouvelles réflexions qui lui venaient à l'esprit ne pourraient certainement pas intéresser une femme dont la versatilité l'avait fait souffrir. Il haussa les épaules et se remit à écrire sur une feuille volante, pour son contentement personnel.

— Vous avez l'air bien absorbé?

C'était Mme Bach qui le surprenait dans ses occupations frivoles. Elle arrivait en avance pour recevoir ses invités du *Gargantua*.

— Des bêtises sans importance, madame. J'ai à

peu près terminé la plaquette et je me distrayais.

— Vous ne voulez pas me laisser lire?

Son regard vif avait déchiffré au vol quelques mots, qui retenaient son attention. Il était difficile de résister à son autorité.

— Si vous le désirez, madame. Mais des bêtises, je vous assure, qui n'ont aucun rapport avec notre entreprise.

Mme Bach lisait, avec le même intérêt qu'elle apportait aux papiers d'affaires, et avec une agilité du regard et du cerveau qui la mettait à même de saisir en un clin d'œil l'essence d'un texte.

— Pas mal, apprécia-t-elle dès les premières lignes.

Et elle continua sa lecture à haute voix :

« ... C'est une des lois les plus incontestables de notre civilisation, quoiqu'elle n'ait jamais été mise en code : un organisme auquel a été conféré le nom de Société ou de Compagnie parvient toujours, à un certain stade de son développement, à accorder la plus grande partie de son temps, de ses énergies et de ses intelligences à des opérations complètement étrangères à celles pour lesquelles il a été créé. Du moins, les administrateurs, les cadres supérieurs de ces organismes laissent toujours à des subalternes les occupations constituant la raison d'être de l'entreprise, pour se consacrer à des activités qui n'ont aucun rapport avec elle. Une puissance impérieuse semble les contraindre à mépriser leurs propres affaires pour se mêler de ce qui ne les regarde pas, puissance qui présente quelque analogie avec le démon du pervers cher à Poe et qui n'est peut-être qu'un de ses avatars. Ainsi, les contrats des compagnies d'assurance sont-ils élaborés par des dactylos, tandis que les autorités ne se préoccupent que de constructions d'immeubles et d'opérations financières. Ainsi les banques. Ainsi, tel groupe pétrolier international en arrive à se spécialiser dans l'industrie des parfums; tel complexe sidérurgique se consacre à la fabrication de la chaussure... »

Maurelle s'était arrêté là. Il regarda sa patronne avec une certaine inquiétude, mais Mme Bach ne manifesta aucune réprobation en lui rendant son feuillet.

— Ce n'est pas génial ce que vous avez écrit là, mon petit Maurelle, mais cela ne me déplaît pas. Vous aviez d'autres exemples dans l'esprit?

— Il me semble qu'on pourrait en trouver d'autres, madame, mais je n'avais aucune intention de dénigrement. J'allais ajouter : sans doute peut-on voir dans ce comportement une forme supérieure de l'esprit d'entreprise, qui ne peut s'épanouir pleinement dans une seule voie.

— C'est bien ainsi que je l'ai compris, dit Mme Bach, avec un sourire ambigu. Décidément, mon petit Maurelle, vous me plaisez. Vous avez déjà une vue lucide des affaires. Vous avez le sens de la généralisation et celui de l'extrapolation. Avec cela, on va loin. Je vous prédis un brillant avenir... Mais voici nos premiers invités qui arrivent. Aidez-moi à les recevoir.

Des applaudissements qui n'étaient pas de commande saluèrent l'allocution que prononça Mme Bach, pour présenter aux officiers du *Gargantua* le nouveau calendrier qu'elle avait fixé avec l'accord du capitaine Müller. Il était simple et tenait en quelques mots. Le navire, bien sûr, reprendrait ses croisières au Moyen-Orient, mais non plus suivant le rythme infernal habituel. Après deux ou trois voyages, il reviendrait s'ancrer à quai pour une période qui serait du même ordre que celle de ses sorties. Une navigation à mi-temps, en quelque sorte. Elle résuma rapidement les avantages qui en résulteraient pour le bateau. Elle était maintenant sûre de son fait. L'audace triomphait. Les experts financiers de la compagnie étaient tous d'accord pour déclarer que, d'après les données déjà en leur pessession, ce nouveau mode d'exploitation d'un pétrolier nucléaire était une excellente affaire.

Mais la péroraison, qui déchaînait en ce moment l'enthousiasme des officiers, abordait l'élément humain. Elle était ainsi concue :

« Quant à l'équipage, il n'est pas question de le retenir à bord pendant le séjour à quai du navire. Avec l'accord du capitaine Müller, un large roulement de permissions sera établi, ne maintenant sur place que la petite équipe indispensable pour assurer l'entretien et le fonctionnement des machines nécessaires à l'alimentation de notre complexe en eau et en électricité. Je pense, messieurs, que ce programme a votre agrément. »

Les hourras qui saluèrent cette annonce en furent une preuve éclatante. Les marins du *Gargantua* voyaient s'ouvrir devant eux un avenir de rêve, un paradis comparé au service que les autres compagnies pétrolières exigeaient de leurs équipages, service inhumain qui supposait parfois un séjour de trois cent cinquante jours par an en mer, et qui s'était traduit en quelques occasions par des cas de folie. C'est avec des larmes que certains remercièrent madame la présidente d'une innovation qui allait leur permettre de revoir régulièrement leur famille et de mener une vie normale, dans un monde détraqué par les exigences de l'industrie et de la finance. Et tout cela, grâce aux vertus longtemps insoupçonnées du *Gargantua*!

— Qu'en pensez-vous? demanda David à Maurelle. Avais-je tort de me montrer optimiste? N'avais-je pas prédit que le nucléaire était une bénédiction du ciel, un potentiel de félicité dont les conséquences seraient reconnues un jour par tous les humains? ...Mais vous n'avez pas l'air dans votre assiette. J'espère que ce n'est pas une mauvaise nouvelle qui vient pour vous ternir ce beau jour.

La dernière remarque de David était inspirée par un télégramme, qu'un serveur venait de remettre à Maurelle et qu'il tenait entre ses doigts tremblants. Le jeune homme ne répondit pas tout de suite. Son attitude s'était soudain modifiée. Le sourire plutôt sarcastique qui accueillait un moment auparavant la péroraison de Mme Bach se transformait en une grimace, qui paraissait vouloir lutter contre un afflux de larmes. Il parvint avec difficulté à relire le message reçu. Il ne s'était pas trompé. C'était un long télégramme de Martine. Elle lui faisait part de ses remords. Elle s'excusait d'avoir été légère, incompréhensive et cruelle. Elle le remerciait de ses lettres, affirmant les avoir dévorées. En un style assez romantique, elle lui annonçait son arrivée pour le lendemain. Elle ne le quitterait plus jamais. Elle était consumée par le désir de le retrouver et de voir de ses yeux ce merveilleux navire qui éclairait le monde d'une lumière nouvelle.

— Je n'ai plus aucun doute, répondit-il enfin à David, d'une voix qu'une émotion tout à fait insolite chez lui faisait trembler. Vous aviez raison. Ce *Léviathan* nucléaire est un ange détaché du ciel par des entêtés comme vous pour faire le bonheur des humains. Moi aussi, même moi, je me convertis à la nouvelle foi. Ce soir, David, je crois aux miracles.

QUATRIÈME PARTIE

LA MARÉE NOIRE

I

Le *Gargantua* poursuivait sa carrière imprévue, par-
tageant avec équité son temps entre les secours à
apporter aux malheureux et le ravitaillement de
l'Europe en combustible noir. Cependant, le professeur Havard ne désarmait pas et, avec lui, quelques-
uns des plus purs écologistes, qui enrageaient d'avoir
été contraints pour un temps de mettre une sourdine
à leurs vociférations concernant la malignité de
l'atome, devant la vénération superstitieuse du public
et la crainte de ses réactions émotionnelles. Plus que
jamais, le pétrolier géant était pour eux *le Léviathan*,
mais ils avaient transposé leur hargne et leurs prédictions apocalyptiques sur le poison que le monstre
portait dans ses entrailles, poison qu'un accident banal
pouvait à chaque instant lui faire vomir, une marée
mortelle se répandant alors sur des milliers de kilomètres carrés d'océan.

Les statistiques publiées dans leurs revues périodiques tendaient à prouver que leur crainte n'était
pas seulement le fruit pervers d'une imagination orien-

tée vers la catastrophe. Elles montraient que, même en faisant abstraction des accidents graves, les *super tankers* déversaient chaque année dans les mers quelque deux millions de tonnes de pétrole, par suite de fuites, de fausses manœuvres dans le maniement des vannes, ou simplement par le nettoyage de leurs citernes. Mais le risque d'accident grave n'était en aucune façon négligeable. Les naufrages par suite de collision, les explosions, les déchirures étaient devenus presque monnaie courante. Là encore, les statistiques le prouvaient, depuis l'affaire du *Torrey Canyon*, c'est par dizaines sinon par centaines qu'on enregistrait chaque année des désastres semblables, et le *Gargantua* n'était certes pas à l'abri de ces coups du sort. Au contraire, sa taille inusitée, son énorme tirant d'eau en faisaient une cible privilégiée pour les traîtrises de la mer. Si rien de la sorte ne s'était encore produit, c'était, affirmaient les écologistes, par le fait d'une insolente chance. Mais la chance ne peut durer une éternité et leurs mathématiciens calculaient que la probabilité d'une catastrophe survenant dans un délai de quelques mois était extrêmement élevée. Le professeur Havard et ses amis vivaient dans le fiévreux espoir de cette éventualité, récapitulant sans se lasser l'aspect apocalyptique qu'elle ne manquerait pas de revêtir avec un navire de six cent mille tonnes, chiffrant par millions, dans les hypothèses supposées les plus optimistes, le nombre de poissons, d'oiseaux de mer et de pingouins exterminés, sans compter la ruine du plancton et les épidémies d'hépatite virale pour les humains.

Quand ils lisaient ces publications, annotées par les soins de Maurelle, David ricanait, madame la présidente se contentait de sourire, mais ce sourire dissimulait un profond agacement. Elle avait cherché par tous les moyens à faire cesser cette campagne de dénigrement jugée perfide, mais là, elle avait échoué. Elle conservait un amer ressentiment de cette défaite, pour elle inhabituelle. Son secrétaire, qui avait appris à bien la connaître, prévoyait que si elle découvrait un jour une occasion de vengeance les écologistes comme le professeur Havard passeraient un quart d'heure désagréable.

En attendant, dans leur désir maladif de voir leurs prophéties se réaliser, les écologistes épiaient *le Gargantua* avec la même attention que ses adorateurs, mais dans un but bien différent. A chaque arrivée du navire chargé, mêlées à la flottille des marins pêcheurs qui l'escortaient jusqu'à la plate-forme de l'oléoduc, des embarcations s'attachaient à son sillage, montées par des agents à eux, avides d'y découvrir une de ces traînées irisées, fréquentes chez beaucoup de pétroliers, qu'un de leurs poètes avait comparées aux traces luisantes laissées dans un jardin par la bave des escargots, et qui signalaient la fuite d'un joint ou un mauvais entretien des citernes. Quand par hasard ils en découvraient quelqu'une, ils prenaient des photos sous des angles qui la magnifiait, photos qui allaient grossir à leur quartier général le dossier composé avec patience pour démontrer le caractère pernicieux du monstre.

Les écologistes étaient bien organisés et des membres de leur secte opéraient dans toutes les parties du monde. Les opérations de chargement à l'extrémité de l'oléoduc oriental n'échappaient pas à leur vigilance. Là aussi, des espions se glissaient toujours parmi les pêcheurs de la mer Rouge, à l'affût d'une fausse manœuvre. Mais les fausses manœuvres étaient rares à bord du *Gargantua*. L'équipage, ragaillardi par des congés longs et fréquents, ne manifestait plus la nervosité occasionnée par le service harcelant d'autrefois. En outre, comme les experts de Mme Bach l'avaient

prévu, les périodes d'immobilisation permettaient
d'assurer un entretien parfait. Les fuites étaient pra-
tiquement inexistantes.

Les écologistes possédaient des moyens puissants.
Ils n'abandonnaient pas leur proie en haute mer. Là,
un avion à eux survolait parfois le navire, dans le
même esprit d'inquisition inquiète. L'équipage du *Gar-*
gantua ne se doutait guère, quand celui-ci se dirigeait
à vide vers les sources de pétrole, que cet avion avait
pour mission de le prendre en flagrant délit de déga-
zage, comme on dit, opération qui consiste à nettoyer
les citernes en pleine mer et à souiller les flots avec les
résidus, ce dont beaucoup de pétroliers ne se privaient
pas. Mais le capitaine Müller ne se livrait jamais à ces
pratiques interdites.

Aussi, le dossier ouvert par les écologistes sur *le*
Gargantua restait-il mince, si mince que le professeur
Havard décida de prendre lui-même l'affaire en main.
Il était au bord du découragement, tenaillé par le soupçon que les agents chargés d'épier le navire étaient
corrompus, achetés par les soins de Mme Bach et qu'ils
envoyaient de faux rapports. Il s'embarqua lui-même
sur un navire de la flotte écologiste destiné à surveiller
mers et océans, équipé pour prélever et analyser des
échantillons sous toutes les latitudes, monté par une
équipe scientifique entraînée à prouver la pourriture
croissante du monde.

Ce navire mis à sa disposition, Havard le spécialisa
dans l'espionnage du seul *Gargantua*, auquel il avait
voué une haine sans merci. Mises à part ses antipathies
écologiques, il le détestait pour une double raison : à
son bord était encore embarqué David, un rival moins
chargé d'honneurs que lui-même certes, mais qui
s'était autrefois opposé à ses thèses, souvent avec
succès. Ensuite, l'aura qui entourait le géant des mers,
à propos de prétendus miracles, lui infligeait une per-
pétuelle humiliation. Il la considérait comme une

insulte à la science (en somme, une insulte personnelle), qui le faisait vivre avec une sensation de ridicule
insupportable pour un membre de l'Institut.

L'Albatros, c'était le nom du navire écologiste, croi-
sait donc sans cesse dans les eaux du *Gargantua*, le
suivant à la trace, le précédant parfois pour aller
l'attendre en haute mer, ce que sa vitesse supérieure
lui permettait, l'épiant au plus près dans les passages
dangereux, guettant la plus petite défaillance du monstre, son passager de marque écumant de rage en n'en
décelant pas, et en le voyant poursuivre ses croisières,
impavide, hautain, manifestant visiblement le plus
profond mépris pour le roquet attaché à sa poupe,
l'écrasant de toute la hauteur de sa passerelle et de
son réacteur quand il était lège et de toute la
masse de ses six cent mille tonnes quand il était
chargé.

A bord du *Gargantua*, on avait remarqué *l'Albatros*,
qui s'était rapproché à plusieurs reprises pour faire
des prélèvements d'eau. David avait bien cru reconnaître son rival. Maurelle, toujours tenu au courant
des mouvements de ses adversaires, avait d'ailleurs
prévenu par câble que le professeur Havard était en
effet à bord. Agacé de cette insistance à le suivre, Müller avait tenté d'entrer en contact avec le navire. Il
avait d'abord pu échanger quelques mots avec son
commandant, qui s'était tenu sur une froide réserve.

— Nous faisons des observations scientifiques.

— Demandez-lui donc si nous ne pouvons pas les
aider, avait suggéré David. Dites-lui qu'il y a ici des
hommes très expérimentés pour toutes les observations scientifiques.

Le commandant de *l'Albatros* avait répondu avec
froideur qu'aucune aide n'était souhaitable, son navire
ayant à son bord les spécialistes les plus qualifiés pour
ces missions. Alors, David n'avait pu se retenir et, prenant la parole lui-même, avait prié le capitaine de

transmettre ses hommages respectueux au professeur Havard, dont les prévisions en matière nucléaire s'étaient révélées si pertinentes. Aucune réponse n'ayant été faite, les contacts entre les deux navires n'avaient pas eu de suite.

II

— Nous devons, je le crains, nous préparer à affronter un fameux coup de tabac, madame, dit le capitaine Müller. Les annonces de la météo sont mauvaises et, dans les parages du Cap, je le sais par expérience, la réalité est souvent pire que les prévisions.

Mme Bach avait voulu participer à un voyage du *Gargantua*. C'était pour elle une croisière de vacances, bien gagnées après le succès croissant de la cité nouvelle, maintenant presque achevée et florissante.

— *Le Gargantua* est un bon bateau; son commandant, un bon marin.

— C'est un bon bateau, mais pour résister au mauvais temps qui se prépare, je préférerais ne pas le voir chargé jusqu'à la gueule, comme il l'est en ce moment. Regardez-le. C'est presque un sous-marin.

Cette remarque était une critique voilée à l'égard des armateurs, qui exigeaient pour des raisons financières que le chargement d'un pétrolier fût toujours poussé à son extrême limite, alors que des raisons de sécurité eussent exigé de proportionner ce chargement aux conditions atmosphériques et à l'état de la mer que le navire devait affronter. Mme Bach, qui ne s'était encore jamais penchée sur ce problème, ignora cette allusion.

Lourdement lesté de ses six cent mille tonnes, ne conservant qu'un faible franc-bord, *le Gargantua* affrontait le Cap, redouté de beaucoup de navigateurs et en particulier des commandants de pétroliers géants. La comparaison de Müller était justifiée : une sorte de sous-marin, en effet. Il s'enfonçait sous l'eau de plus de vingt-cinq mètres et le dessus des citernes ne faisait guère saillie sur les flots. Il n'y avait que le château et le réacteur pour les dominer encore d'assez haut. C'était un double souci pour ces commandants. Avec des cartes marines qui, tous le déploraient, contenaient des lacunes et des inexactitudes, le risque de toucher le fond était parfois grand, surtout par gros temps, lorsque la mer se creuse d'une manière anormale. Pareille aventure s'était déjà produite et arrivait encore presque chaque année. Le deuxième inconvénient était à la surface. Les vagues risquaient de recouvrir les citernes, donnant l'assaut au château comme à un récif presque à fleur d'eau, et leurs coups de bélier pouvaient causer des dommages considérables. Dans certains cas, pour pallier ce danger, les commandants de certains pétroliers n'avaient pas hésité à refouler à la mer une partie de leur cargaison, provoquant ainsi bien entendu une marée noire plus ou moins importante, qui s'en allait ajouter à la pollution de la mer et des plages.

Le Gargantua commençant à tanguer d'une manière impressionnante, Müller pria Mme Bach de se retirer dans son appartement, ce qu'elle fit, emmenant avec elle Maurelle, lui aussi du voyage. Puis il remonta sur la passerelle et donna des ordres tendant à affronter la tempête proche dans les meilleures conditions possibles. Le soir tombait. Un coup d'œil au ciel menaçant lui confirma ses prévisions pessimistes.

— Devant la mer qui se prépare, dit-il à David qui l'avait rejoint, si je commandais n'importe quel autre bateau, je chercherais refuge dans le premier port venu. Nous ne sommes pas loin de la terre. Avec notre bon gros *Gargantua*, c'est hors de question. Aucun port de cette côte ne peut l'accueillir, à cause de son tirant d'eau.

— *L'Albatros* ne cherche pas à s'abriter, dit soudain David. Il reste dans notre sillage.

Müller aperçut le bateau dans la pénombre qui envahissait la mer et grommela en secouant la tête :

— Folie. Un navire de cette sorte est encore moins bien équipé que le nôtre pour affronter la tempête. Cela m'étonne de la part de son commandant. Croyez-moi, votre ami Havard se prépare de bien mauvaises heures.

— Je devine ce qu'il espère, déclara le physicien.

C'était le professeur Havard lui-même qui avait insisté pour garder le contact. La haine morbide qu'il nourrissait à l'égard du *Gargantua* l'emportait encore sur sa crainte de la tempête. Il espérait que, devant le mauvais temps, le pétrolier serait amené à se délester d'une partie de sa cargaison, comme d'autres l'avaient fait avant lui dans de telles circonstances. Une si belle occasion de le prendre en flagrant délit lui inspirait une manière d'héroïsme. Aussi donna-t-il au commandant de *l'Albatros* la consigne de rester dans son sillage. Mais celui-ci était au moins aussi soucieux que Müller.

— Professeur, dit-il, j'insiste. Le vent fraîchit. Ce bateau n'est pas fait pour résister à une tempête comme il s'en élève parfois dans ces parages et que beaucoup d'indices laissent prévoir. Mon avis est qu'il serait prudent d'aller s'abriter dans un port, qui n'est pas très éloigné.

Il avait déjà donné cet avis plusieurs fois, mais Havard, ignorant des choses de la mer et aveuglé par sa passion, l'avait toujours repoussé.

— *Le Gargantua* continue bien sa route, lui.

Le capitaine lui expliqua les raisons pour lesquelles le pétrolier alourdi ne pouvait faire autrement.

— Et il n'est pas le seul, continua Havard, qui ne voulait pas se laisser convaincre. J'aperçois plusieurs bateaux de pêcheurs, qui lui font escorte.

C'était vrai. Malgré la menace de la tempête, suivant leur habitude lorsque *le Gargantua* passait au large d'un port, les pêcheurs d'Afrique comme les autres délaissaient leurs occupations pour s'approcher de ses eaux et l'accompagner aussi longtemps que possible.

— Imprudence folle, murmura le commandant de *l'Albatros*. Si la mer se lève tout d'un coup, beaucoup de ces coquilles de noix ne reverront pas la terre.

Le professeur Havard hésita. La passion qui le brûlait l'emporta finalement sur son appréhension.

— Attendons encore un peu, décida-t-il. Le vent n'a pas l'air si terrible après tout et vous me dites qu'un port n'est pas très éloigné. Si cela se gâte, nous aurons le temps d'aller nous mettre à l'abri.

Le capitaine haussa les épaules d'un air dubitatif, mais s'inclina.

La flottille de pêcheurs africains qui s'étaient portés à la rencontre du navire pour l'acclamer et, sans doute, tirer quelque bénéfice de la proximité de ses eaux, inquiétait également Müller. Il eut les mêmes mots que son collègue de *l'Albatros* pour juger cette conduite.

— Imprudence folle. Si la mer se lève tout d'un coup, ceux-là ne pourront résister. Ces pêcheurs n'écoutent peut-être guère les messages de la météo, mais,

tout de même, ils sont expérimentés. Ce ciel devrait
leur inspirer de la défiance.

David regarda les points brillants qui s'allumaient
autour du navire, maintenant illuminé.

— Ils sont fascinés par le Gargantua. Ils s'imaginent
être à l'abri de tout danger tant qu'ils naviguent dans
son ombre.

Or, le vent se déchaîna tout d'un coup et la mer se
creusa comme le craignaient les deux marins, mais
avec une soudaineté et une violence dont leur expérience ne leur avait encore donné aucun exemple.

Le Gargantua résista assez bien aux premiers
assauts. C'était malgré tout un navire construit en
prévision des traîtrises de la côte sud-africaine et
monté par un équipage expérimenté. Le capitaine
Müller lui avait fait prendre l'allure et le cap le mieux
adaptés à la tempête. Entre plusieurs ordres brefs
qu'il donnait de la passerelle, il ne cessait de fulminer
contre les armateurs.

— Je suis content que Mme Bach soit à bord. Elle
verra par elle-même la folie qu'il y a à charger un
navire ainsi. Mais plutôt couler que d'en déverser une
goutte à la mer. J'en fais le serment.

— Havard serait trop heureux, approuva David. Il
n'attend que cela.

— Nous tiendrons sans doute, mais que vont devenir les pêcheurs dans leur coquille de noix? Et votre
Havard lui-même? Je ne donnerais pas cher de la
carcasse d'un rafiot comme l'Albatros par un temps
pareil. Bon! Le voilà qui nous abandonne enfin. On
dirait qu'il fuit; sans doute tente-t-il de gagner le port.
Il est grand temps!

Une lame plus forte que les autres déferla sur les
tôles des citernes, les recouvrit complètement et donna

à la base du château un coup de boutoir qui le fit trembler.

— Pas une goutte à la mer volontairement, rectifia Müller, mais encore quelques coups comme celui-ci, Seigneur, c'est la mer elle-même qui pourrait bien se charger de nous délester.

Aux premières rafales de l'ouragan, *l'Albatros* avait en effet forcé l'allure et, dépassant *le Gargantua* par bâbord, puis coupant sa route, ce qui arracha une protestation féroce à Müller, se dirigeait en direction de la terre. David, aussi indifférent à la tempête qu'au sourire d'un ciel radieux, ne cessait d'observer ses lumières à la jumelle.

— Il semble en difficulté, dit-il soudain. Il ne fuit plus.

— Il ne fuit plus, approuva Müller sur un ton furieux. Désemparé, je l'avais prédit. Et il est presque sur notre route. Et toutes ces coquilles de noix qui se serrent autour de nous comme si nous étions leur dernier espoir! Ils s'imaginent qu'on manœuvre un six cent mille tonnes dans la tempête comme une périssoire dans un lac! Il va falloir parer au risque de collision. Plus de la navigation. Des régates dans un typhon, voilà ce que c'est!

Tandis que la nuit tombait et que des lames dangereuses continuaient de déferler, Müller donna des ordres pour faire encore réduire la vitesse et modifier légèrement le cap. Quand ce fut fait, on l'appela à l'interphone dans l'abri de navigation. On l'avertit que *l'Albatros* était entré en communication avec le poste du *Gargantua* et que son commandant désirait lui parler de toute urgence.

III

— Gros temps, commença le capitaine commandant *l'Albatros*, d'une voix calme mais un peu altérée.

David, qui avait suivi Müller dans l'abri, le sentit prêt à exploser sous le coup de l'indignation.

— Gros temps! Et c'est pour m'apprendre cela que vous...

— Pas seulement cela, coupa la voix. C'est surtout pour vous informer que nous sommes mal en point.

— Vraiment mal en point? demanda Müller, un ton en dessous.

— Très. Une avarie de machines nous oblige à nous traîner à moins d'un demi-nœud. Une fissure dans le pont. Nos pompes en panne. Je n'ai pas le temps de vous donner tous les détails, mais si les vagues continuent à déferler, mon bateau n'en a pas pour plus d'une heure.

La colère de Müller s'apaisa d'un coup.

— Je ne suis pas loin de vous, dit-il. Je me rapproche encore. Mais que puis-je faire? Je suis moi-même en difficulté et il n'est pas possible d'opérer un transbordement avec une mer pareille.

— Je suis parvenu à arrêter ce maudit déferlement, reprit la voix, mais je ne pourrai le faire pendant longtemps. Pour cela, il me faudrait des tonnes d'huile, des centaines, des milliers de tonnes d'huile, mais je dois en garder assez pour gagner le port.

— De l'huile, murmura Müller, après un instant de réflexion. Je crois comprendre. Vous avez filé de l'huile.

— Le procédé qu'on nous a enseigné, à vous et à moi, à utiliser dans les cas désespérés. C'est la première fois que je l'emploie. Nos vieux professeurs avaient raison : c'est efficace. Mais j'ai vidé presque tout ce que je pouvais vider de mes fûts de mazout. Cela donne un calme relatif, ... temporaire, je vous le répète. Comprenez-moi. Il me faudrait une énorme quantité d'huile et je n'en ai plus de disponible.

— Mais je ne peux pas vous en filer, je n'ai presque pas de mazout, moi. Mes chaudières sont inutilisées depuis longtemps. Seulement quelques barils. Ridicule.

— Vous avez du pétrole.

— Quoi!

Commençant à comprendre de quoi il retournait, et malgré l'urgence de la situation, Müller resta un moment sans pouvoir articuler un mot. Son regard se tourna vers David, qui avait tout entendu et qui souriait.

— Vous avez un chargement de pétrole raffiné, je le sais. Le pétrole raffiné produit le même effet sur les lames. Vous en avez à revendre.

— A revendre, comme vous dites! rugit Müller. J'en ai six cent mille tonnes. Mais vous vous figurez que je peux en disposer. C'est une décision...

— Une décision urgente, fit la voix devenue très grave, que Mme Bach peut prendre. Je sais aussi que la présidente de votre compagnie est à votre bord. Elle seule peut...

— Vous savez cela aussi. Vous passez votre temps à nous espionner, vous...

— J'insiste, et je vous répète que c'est pour nous une question de vie ou de mort, commandant. C'est tout.

De capitaine à capitaine, de commandant à commandant, c'était une façon très insolite de s'adresser à un collègue. Elle ajouta au désarroi de Müller.

L'autre avait coupé la communication. Le capitaine resta plusieurs secondes avant de reprendre son souffle.

— Du pétrole, il demande que nous filions notre pétrole à la mer, vous avez entendu, monsieur David.

Il avait eu des accents presque plaintifs, comme pour prendre le physicien à témoin du caractère démentiel de cette requête.

— C'est inespéré, commenta David.

Cette simple remarque, faite sur le ton le plus naturel, acheva de persuader Müller que la tempête avait dérangé tous les esprits aux environs du Cap. Pour échapper à cette folie contagieuse dont il sentait lui-même la menace, lui, le capitaine Müller, le dernier bastion du bon sens, il eut pendant une fraction de seconde la tentation de faire mettre *le Gargantua* en travers des vagues et de se laisser ensevelir avec lui et tout l'équipage. Il ne reprit son sang-froid qu'en revenant sur la passerelle, où il avait laissé à son second la responsabilité du navire.

La situation n'avait pas empiré. Le pétrolier recevait encore de violents coups de bélier, mais tenait bon.

— Il faut prévenir Mme Bach, dit David qui l'avait suivi.

— Alors, allez-y, vous! hurla Müller. Je ne tiens pas à ce qu'elle me prenne pour un fou et qu'elle se moque de moi. Vous avez bien compris la situation, je pense?

— J'ai compris. Un dernier mot, commandant : y a-t-il un inconvénient pour nous à faire ce qu'ils demandent?

— Aucun. Au contraire, Je voudrais bien pour ma part voir ce sacré navire un peu allégé.

Mme Bach était prostrée dans un fauteuil, en proie à un début de mal de mer. En face d'elle, dans la même position, Maurelle ne paraissait pas en meilleure forme. Le salon où ils avaient tenté de travailler à un rapport pour oublier la tempête avait un aspect de champ de bataille. Seuls, les meubles, solidement arrimés, étaient restés en place. La moquette était jonchée de papiers, de livres, de revues et autres divers objets, qui faisaient une danse échevelée d'une cloison à l'autre, au gré des soubresauts du *Gargantua*. Ni elle ni Maurelle n'avaient le courage de se lever pour mettre de l'ordre.

David entra, après avoir trébuché dans les coursives, et s'abattit lui aussi dans un fauteuil pour conserver son équilibre.

— Un message de l'*Albatros*, madame, dit-il. Il nous appelle à son secours.

Mme Bach releva la tête et fit signe qu'elle écoutait. En quelques phrases, le physicien la mit au courant de l'étrange requête présentée par le commandant du navire en perdition.

Dès qu'elle eut compris, le physique de Mme Bach subit une métamorphose singulière. Ses traits s'affermirent; sa face se colora; son regard un instant auparavant terni fut illuminé par une succession d'éclairs, qui apparurent à David, sans qu'il pût expliquer cette impression absurde, comme la manifestation diabolique d'une créature infernale. Son malaise s'était dissipé comme par le charme d'un enchanteur. Elle se leva, parvint à marcher en trébuchant jusqu'à sa table de travail bouleversée, mais où l'interphone restait intact, appuya sur un bouton et demanda d'une voix qui avait retrouvé toute son autorité qu'on la mette en contact avec l'*Albatros*.

A son commandant, qui lui répondit quelques instants plus tard, elle demanda seulement avec froideur si le professeur Havard était là.

— Il est là, près de moi, madame la présidente.

— Passez-le-moi.

Le professeur avait changé d'attitude. Il oscillait entre la terreur d'un naufrage et les affres du mal de mer. Sa voix suppliante, bouleversée, amena un sourire cruel sur le visage de Mme Bach, en même temps que, cramponnée à sa table, luttant contre les furieux bonds du navire, elle cherchait le regard de ses deux collaborateurs pour leur faire partager la volupté qu'elle ressentait.

— Vous n'allez pas bien, monsieur le professeur?

— Je vous en supplie, madame la présidente, bredouilla la voix de Havard. C'est le ciel qui fait que vous vous trouviez à bord. Vous seule pouvez nous sauver.

— En déchargeant mon pétrole raffiné dans la mer, si j'ai bien compris? demanda Mme Bach, d'une voix dont le calme contrastait avec la désolation de la pièce et avec les hurlements de la tempête au-dehors.

— C'est ce que disent les marins, balbutia encore Havard. Et ils ont l'expérience de ces choses. Mais cela presse, c'est effrayant. Oh!...

— Et il vous en faudrait beaucoup de ce pétrole raffiné? continua Mme Bach sur le même ton.

Un gémissement et un hoquet lui répondirent, ce qui eut pour effet d'accentuer son sourire jusqu'à la férocité. Maurelle releva la tête à son tour et, ayant rencontré le regard de sa patronne, commença lui aussi à se sentir ragaillardi. Quant à David, depuis le début de l'alerte, il était l'image de la délectation.

Ce fut le commandant de *l'Albatros* qui reprit la communication.

— Beaucoup, madame, dit-il. Je ne peux préciser davantage, mais beaucoup. Il faudrait une nappe de plusieurs centimètres d'épaisseur qui s'étende jusqu'à la terre. Avec la direction du vent et des lames, c'est faisable, j'en suis sûr. Mais, je le répète, vous devrez en filer une très grande quantité.

— Filer? remarqua Mme Bach, est-ce le terme technique?

— C'est le terme technique, madame : le filage de l'huile. C'est connu.

Elle observa un moment de silence. L'autre reprit :

— Cela serait aussi d'un grand secours pour les bateaux de pêche qui vous entourent, ... et aussi pour un paquebot ayant à bord plus de mille passagers, dont je viens de capter un message et qui se trouve aux prises avec les mêmes difficultés que nous; pour tous ceux aussi que nous ne connaissons pas, mais il doit y en avoir d'autres, tant la tempête a été subite.

— Vraiment? Si j'ai bien compris, vous pouvez tenir encore une heure, avec le secours de votre propre mazout?

— Une demi-heure; peut-être un quart d'heure seulement. Ensuite, je ne réponds plus de rien.

— C'est bien, dit Mme Bach, toujours impassible. Je vous remercie de ces précisions. J'aime être exactement renseignée avant de prendre une décision. C'est pourquoi je désirerais parler encore au professeur Havard, s'il est en état de le faire.

La férocité de son sourire s'accentua encore quand elle entendit la respiration oppressée du professeur.

— Madame la présidente?

— Vous êtes bien conscient de ce que vous me demandez, n'est-ce pas, monsieur le professeur? En somme, une véritable marée noire, moins importante que celle du *Torrey Canyon,* mais considérable et dont on parlera certainement. Des demi-mesures, d'après ce que m'a laissé entendre votre commandant, ne vous seraient d'aucun secours. C'est bien votre avis?

— C'est bien mon avis, madame la présidente, balbutia le professeur.

Une lame plus haute que les autres recouvrit les citernes et assena au château un coup de bélier qui se propagea dans tout le navire. Sur la passerelle, le capitaine Müller avait frémi. Puis il vit la proue du *Gargantua* plonger devant lui comme s'il amorçait une descente dans les profondeurs de l'enfer. Mme Bach, que le choc avait projetée sur la moquette, sentit tout d'un coup le dessous de son bureau lui écraser la nuque et les reins, alors que le plancher se dérobait sous elle. Maurelle et David n'étaient pas moins maltraités. Il y eut quelques instants de silence angoissé dans tout le navire. Enfin la proue se redressa. Le capitaine Müller respira. Mme Bach éprouva maintenant la pesanteur de son poids décuplé sur la moquette. Elle enfourcha un pied du bureau et reprit, avec un clin d'œil complice à ses deux compagnons :

— Pour une décision aussi grave, monsieur le professeur, j'ai besoin de réfléchir encore un peu; c'est naturel, je suis sûre que vous me comprenez. Et, aussi, de prendre conseil... Oui, David, je sens que vous avez un avis à me donner?

Malgré le tumulte, le physicien ne perdait pas un mot de la conversation. Il comprit tout de suite l'état d'esprit de la présidente et entra dans le jeu.

— Les poissons, souffla-t-il, les poissons, le pétrole bouche leurs systèmes filtrants.

— C'est à cela que je pensais, dit Mme Bach. Le pétrole bouche les systèmes filtrants des poissons. Je crois que vous ne l'ignorez pas, monsieur le professeur.

— Sinistre de Falmouth, en 1969, au large du Massachusetts, souffla à son tour Maurelle, dont le mal de mer se dissipait à vue d'œil, tant son esprit était émoustillé par l'ivresse de la situation. Quatre-vingt-quinze pour cent des poissons repêchés, morts. Il s'agissait d'à peine six cents tonnes de pétrole; une bagatelle, comparée au débit horaire de nos pompes.

Mme Bach répéta, après avoir remercié du regard son secrétaire :

— Ce n'est pas à moi, monsieur le professeur, de vous remettre en mémoire le sinistre de Falmouth en 1969...

— Les patelles et les crustacés, chuchota David, les patelles et les crustacés qui s'opposent à la prolifération des algues. Le pétrole occasionne leur mort par arrêt respiratoire, provoquant ainsi l'envahissement des plages par ces végétaux nauséabonds.

— Le pétrole, vous le savez aussi, monsieur le professeur, est fatal aux patelles et aux crustacés. Ainsi, les algues envahissent les plages. Il y a là un exemple frappant de déséquilibre biologique, créé par la main de l'homme.

— Les oiseaux de mer, susurra Maurelle, les mouettes et les albatros. Regardez, madame. Lisez.

Il avait complètement oublié son mal de mer. Un nouveau plongeon du *Gargantua* l'avait lui aussi projeté sur le plancher, à côté de sa patronne. Parmi les objets qui jonchaient la moquette, le hasard lui avait fait se cogner le nez contre une des nombreuses revues écologistes que Mme Bach avait emportées et qu'elle lisait de temps en temps avec un sourcil rechigné. Il connaissait par cœur tous ces recueils et avait ouvert celui-ci à la bonne page. Agrippé d'une main à l'épaule de sa patronne, de l'autre, il lui mettait sous le nez le passage intéressant. Mme Bach lut, avec autant de calme que les fantastiques entrechats du navire le lui permettaient.

— Lors du naufrage du pétrolier *Arrow*, en 1970,

au large de la Nouvelle-Ecosse, vous ne pouvez pas
l'avoir oublié, monsieur le professeur, les plus grandes
victimes furent les oiseaux de mer. Plus de sept mille
de ces malheureux volatiles périrent, en particulier sur
l'île Sable, qui se trouvait à deux cent vingt-cinq kilomètres du lieu du naufrage, vous m'entendez bien?
Deux cent vingt-cinq kilomètres!

— Les pingouins, intervint David.

Lui aussi avait été projeté hors de son siège. Le trio
était maintenant allongé sur le plancher, parmi les
débris, entre les quatre pieds du bureau, madame la
présidente cramponnée à l'un d'eux, les deux hommes
accrochés à ses épaules, les trois têtes heurtant violem-
ment le dessous de la table à chaque plongée du *Gargantua*, les corps écrasés sur la moquette à chaque
remontée, elle, entre ces deux extrêmes, les encourageant du regard à lui fournir des armes.

— C'est vrai, les pingouins! s'écria Maurelle.

Il enfourcha à son tour un pied du bureau et, au
milieu du tourbillon échevelé d'objets hétéroclites,
feuilleta fébrilement sa revue, parvenant bientôt à
mettre la page adéquate sous les yeux de sa patronne.
Elle lut, avec de brefs commentaires.

— Les pingouins, monsieur le professeur, m'enten-
dez-vous bien? En 1970 encore, une enquête à laquelle
je crois vous avez participé a révélé que les pingouins
communs étaient menacés d'extinction sur les côtes
britanniques, ainsi d'ailleurs que les guillemots et les
macareux, les ravages étant sans conteste possible
causés par les nappes de pétrole échappées des pétroliers.

— Et les manchots du Cap, suggéra David.

— Et les phoques, renchérit Maurelle.

— Les manchots du Cap eurent leurs ailes engluées
d'une couche sombre et pestilentielle avant de périr
lentement. Les phoques sont décimés à chaque marée
noire.

— Et le plancton, dicta précipitamment Maurelle, tandis que Mme Bach reprenait son souffle, en lui présentant une autre page de sa précieuse revue.

— Et nous allions oublier le plancton! s'écria-t-elle, avec un rictus franchement sadique, ce plancton particulièrement vulnérable, sensible à la moindre pellicule d'huile ou de pétrole, qui se divise, reprenez-moi si je fais une erreur, monsieur le professeur, qui se divise en phytoplancton, lequel, grâce à la photosynthèse, fournit à notre terre un tiers de son oxygène, et en zooplancton...

Elle lut une page entière de considérations scientifiques, son débit seulement interrompu parfois par une trop violente danse du salon. Enfin, après avoir interrogé du regard ses deux complices et décidé de mettre un terme à cette fête, elle conclut sur un ton glacial.

— Et malgré cela, vous maintenez votre prière, monsieur le professeur? Je suppose que vous êtes également conscient que cette conversation est enregistrée.

Les trois personnages tendirent une oreille intéressée, mais perçurent seulement une sorte de sanglot. Ce fut enfin la voix assez sèche du commandant de *l'Albatros* qui répondit :

— Nous avons conscience de tout cela, madame, et nous maintenons notre requête. Et, en tant que responsable du sort de ce bateau, je vous rappelle que c'est maintenant une question de minutes.

— Bien, apprécia Mme Bach. J'aime mieux ce langage. Votre demande va être satisfaite.

Mais avant d'appeler le capitaine Müller, elle eut une impulsion qui n'était guère dans ses habitudes et qui jurait avec ses hautes fonctions présidentielles; un geste d'enthousiasme juvénile, qui fit soupçonner à Maurelle qu'elle n'était peut-être pas un pur cerveau, comme il l'avait cru jusqu'alors, ou un démon comme

il en avait eu l'impression quelques instants auparavant. Elle agrippa fébrilement le cou de son secrétaire,
celui de David et, sans prendre garde à la sarabande
folle que *le Gargantua* infligeait au salon et au désordre
de ses vêtements, étreignit les deux compères dans
une embrassade convulsive, le trio donnant un spectacle comparable à celui des joueurs de football qui
viennent de marquer le point décisif dans une rencontre internationale.

Ce fut seulement après ce défoulement qu'elle reprit
un peu de son calme, parvint à se relever, à appeler
Müller et, après s'être enquise de la situation, qui était
toujours la même, l'interpella ainsi :

— Je vous embrasse aussi! commandant.

— Eh! fit Müller, de nouveau convaincu que la folie
régnait autour du Cap.

— Ne faites pas attention, je vous expliquerai. Mais
filez-leur du pétrole, commandant. Filez, filez, filez,
puisque c'est ainsi que vous vous exprimez, vous autres
marins. Filez-en autant qu'il en faudra. Ne lésinez pas
surtout. Je prends tout sur moi. Les écologistes ont
payé le prix.

IV

Malgré ses réflexions bourrues, le capitaine souhaitait cette décision de toute son âme. Il s'y était préparé. Depuis le début de l'alerte, il faisait chauffer le pétrole pour faciliter le pompage. Guillaume et ses mécaniciens n'attendaient de lui qu'un ordre bref, qu'il donna aussitôt.

Alors, lançant un défi aux lames qui l'importunaient, exaspéré après une trop longue période de patience par cette série d'affronts, *le Gargantua* passa tout d'un coup à la riposte en projetant des torrents de liquide noir dans la mer. Il ne fallut que quelques minutes pour que la situation s'améliorât autour du géant. Les vagues hésitèrent. Elles étaient toujours aussi hautes, mais elles ne déferlaient plus. La méthode du filage de l'huile, enseignée dans les cours de la marine marchande, se révélait efficace et *le Gargantua* lui-même fut le premier à en bénéficier. Les coups de boutoir qui menaçaient d'ébranler le château allèrent en s'amortissant. Autour de lui, les pêcheurs africains, parmi lesquels beaucoup étaient dans une situation critique, commencèrent à redevenir maîtres de leur embarcation. Un calme relatif s'établit au fur et à mesure que la couche de pétrole s'épaississait et s'élargissait. Elle atteignit bientôt *l'Albatros*, que le pétrolier avait presque rejoint, et Müller put le voir reprendre vers la terre une course ralentie, suivant la marée noire, qui s'étendait avec une extraordinaire vélocité.

Les pêcheurs ne furent pas longs à comprendre la manœuvre. Profitant eux aussi de cette nappe bénie, ils s'éloignèrent du *Gargantua*, qui avait réduit sa vitesse au minimum pour rester le plus longtemps possible dans ces parages. Ils disparurent bientôt dans le torrent noir qui se confondait avec la nuit.

Une demi-heure environ s'écoula. Un marin vint apporter à Müller un câble émanant de *l'Albatros* :

« Bien reçu votre marée. Grand merci. Situation améliorée, les lames ne déferlant plus. Avons chance atteindre la côte sains et saufs si vous pouvez continuer. »

— Pendant combien de temps, d'après vous, commandant? demanda Mme Bach, consultée par interphone.

— Une demi-heure à une heure, sans doute. Bien sûr, la nappe superficielle s'étend rapidement, mais il faut qu'elle garde une certaine épaisseur pour conserver son efficacité.

— Et c'est faisable?

— Certes. Nous sommes presque arrêtés. Ce délestage est un avantage pour nous aussi.

— Continuez, décida Mme Bach.

Au bout de trois quarts d'heure, alors que *le Gargantua*, à la cape, n'avait presque pas progressé, un autre câble de *l'Albatros* parvint sur la passerelle :

« Sommes près du port. L'atteignons grâce à vous en même temps que votre marée. Les pêcheurs semblent tous nous avoir précédés. Merci encore. »

Müller allait donner l'ordre de fermer les vannes et

de cesser le délestage, quand d'autres messages de détresse furent captés presque simultanément. Ils émanaient de bateaux qui se trouvaient plus au large et qui, surpris par la tempête, étaient dans une situation aussi critique que l'*Albatros,* leur structure assaillie par des vagues monstrueuses, dont le déferlement menaçait de les briser. Parmi eux, le paquebot déjà signalé donnait sa position à quelque dix miles du pétrolier. Son commandant avait entendu le dialogue entre *le Gargantua* et l'*Albatros.* Il s'adressait à Müller qu'il connaissait et terminait son message de détresse par ces mots : « Votre filage de pétrole ne nous a pas atteints. Ne pouvez-vous vous approcher? J'ai deux mille passagers à bord. »

— Pouvons-nous y aller? demanda Mme Bach, de nouveau consultée.

— Cela signifie un cap qui n'est pas le meilleur par un temps pareil. Mais *le Gargantua,* déjà un peu allégé, est devenu plus manœuvrable. Nous avons lâché près de six mille tonnes. Ce n'est pas énorme, mais c'est déjà sensible.

— Six mille tonnes!

Elle fit un calcul rapide. Maurelle, qui se trouvait encore dans son salon avec David, la vit soupirer.

— Encore un peu et il sera tout à fait alerte, ajouta Müller, sur un ton encourageant... Et la route qui nous rapprocherait du paquebot passe à proximité des autres bateaux en détresse.

Mme Bach releva la tête, l'œil brillant.

— Allons-y, dit-elle. Et continuez à vous délester tout au long du trajet. J'en prends encore l'entière responsabilité. Quelques milliers de tonnes de perdus...

— Quelques millions de dollars, remarqua Maurelle.

— Mais quel prestige! s'écria madame la présidente.

David et Maurelle firent mine d'applaudir. Müller donna des ordres à la timonerie. *Le Gargantua* trembla de toutes ses tôles en prenant un nouveau cap, assez périlleux, et en forçant sa vitesse. Mais, comme l'avait dit son commandant, il devenait plus leste et plus agile à mesure qu'il perdait du poids. Majestueux, olympien, accompagné par les torrents de liquide sombre qu'il refoulait à bâbord et à tribord, de par l'énergie de toutes ses pompes, sa proue redressée, le château et le réacteur commençant à dominer de nouveau le déchaînement des flots intimidés, tous ses feux allumés, au son des accents triomphants de la sirène que Müller faisait hurler sans cesse pour prévenir de son approche les malheureux qu'il allait secourir, le bon *Léviathan* s'enfonça dans la nuit africaine, pour distribuer les bienfaits de sa marée noire rédemptrice sur une mer de rêve.

TABLE

LA COMPOSITION, L'IMPRESSION ET LE BROCHAGE DE CE LIVRE
ONT ÉTÉ EFFECTUÉS PAR FIRMIN-DIDOT S.A.
POUR LE COMPTE DES ÉDITIONS JULLIARD
ACHEVÉ D'IMPRIMER LE 19 DÉCEMBRE 1977

Imprimé en France
Dépôt légal : 1er trimestre 1978
N° d'édition : 4457 — N° d'impression : 1590